LES MYSTÈRES DE P'TIT PIERRE

Contes pour enfants

Daniel VEZIEN

LES MYSTÈRES DE P'TIT PIERRE

Daniel VEZIEN

LES MYSTÈRES
DE
P'TIT PIERRE

Contes pour enfants

Copyright et droits légaux

Dédicace

Je dédie cet ouvrage au Professeur H. TAILLIA qui a soigné depuis le début (2002 jusqu'à 2015) ma maladie rare et orpheline, appelée NMMBC (Neuropathie Motrice Multifocale à Blocs de Conduction), qui paralyse de façon irréversible (à ce jour) mes deux mains et atrophie musculairement bras et jambes. Grâce à lui je peux continuer à taper d'un doigt sur le clavier puisque je ne peux plus écrire.

Du même auteur

Ouvrages non destinés aux enfants

DEDANS LE PRÉSENT - Précédé de SENSATIONS
(Roman et nouvelles)
2016 et 18 - Parution 2018 (e-book et broché)

REBONDS - Trahisons et handicap
(Roman autobiographique)
2013 et 17 - Parution 2018 (e-book et broché)

Sommaire

Remerciements & Avertissements

Merci à l'Association P'TIT PIERRE de m'avoir autorisé à utiliser ce surnom pour et dans ce recueil.

C'était le petit nom de leur fils décédé par la leucémie le 4 juillet 2007.

Association dont l'objectif était avant tout d'améliorer les conditions d'hospitalisation de l'ensemble des malades atteints de leucémie, mais aussi d'aider les familles qui se trouvaient dans des situations difficiles suite à l'annonce de la maladie. Elle participait également à des activités sportives locales, mais apparemment elle n'est plus active (2018).

Toutefois le présent ouvrage n'a rien à voir avec cela. Qu'il n'y ait pas confusion.

Aussi, tout gosse, en mitoyenneté dans une résidence pavillonnaire, j'avais un bon copain de mon âge qui est parti très tôt et trop tôt de cette maladie, la leucémie. Ceci pouvant expliquer cela.

S'il y a des similitudes avec d'autres œuvres tierces, c'est purement involontaire.

Aussi, toute homonymie de « P'tit Pierre » avec ce qu'il/elle représente ou symbolise aujourd'hui ou au passé (hormis l'association précitée), comme toute ressemblance avec des personnes ou des situations existantes ou ayant existé ne saurait être que fortuite. Bien évidemment tous les patronymes, prénoms, surnoms, etc. sont fictifs.

Enfin, je décline toute responsabilité en cas d'incident, d'accident, de dommages ou de préjudice physique ou moral, causés sur soi-même, une tierce personne, un animal ou sur du matériel suite à une éventuelle reproduction de tout ou partie de certaines scènes de cet ouvrage.

Avant-propos

Ces contes seraient-ils pour les enfants ? En tout cas c'est écrit pour, mais au fait, à quel âge n'est-on plus un-e enfant ? Alors là, mystère et boule de gomme !

C'est un livre sans illustration qui laisse place à l'imagination. Le lire dans l'ordre c'est mieux.

Ici il n'y a pas de bagarre, pas de violence, pas de choses agressives comme à la télé, sur Internet, dans certains jeux vidéo ou ailleurs. Pas de tristesse non plus.

Même s'il y a des exclamations particulières, elles sont sans gros mot ni vulgarité.

Enfin, quelques notas se glissent ici et là pour apporter des précisions aux plus jeunes (parfois même aux plus grands). Mais pas trop parce que l'on n'est pas à l'école non plus.

Du reste, demander une explication autour de soi n'est pas honteux. Bien au contraire.

***

Achevé : Avril 2011. (Mais vente impossible de ce livre, sinon de remettre en cause mon statut de handicapé en incapacité de travail, je suis handicapé des deux mains), puis léger retouchage Décembre 2018.

D'ABORD...

Petit déjeuner

P'tit Pierre se réveille un matin comme tous les matins. Il bâille, il s'étire très fort, se frotte les yeux et fait un gros bisou à son nounours en peluche.

P'tit Pierre a huit ans. Il a le cheveu châtain, une bouille ronde, joufflue et les yeux un peu enfoncés. Son regard est polisson, voire coquin, mais aussi vif que ceux des oiseaux, comme s'il ne voulait rien louper de ce qui l'entoure.

Il bâille à nouveau, car il faut le dire c'est fatigant de se réveiller.

Sa maman est en train de prendre sa douche, mais avant elle a préparé le petit déjeuner. C'est gentil une maman. Pendant qu'il se lève, qu'il cherche ses chaussons, puis qu'il pose délicatement son nounours sur le polochon, cela rigole bien dans la cuisine.

La petite cuillère tourne et danse toute seule dans le bol de chocolat chaud.

Les toasts font un terrible combat de confiture façon en veux-tu en voilà alors que le jus d'orange essaie de discuter avec le pot de Nutella, mais ce dernier ne répond pas, car il a le couvercle fermé sur la tête.

Les miettes de pain grillé, elles, s'amusent à faire une ronde sur la table autour de la soucoupe. Dans celle-ci il y a le beurre qui fait son fier et se prend pour le chef – on ne sait pas pourquoi, mais de toute façon personne ne l'écoute.

Une des miettes dit à une copine :

— T'as vu, on dirait que le beurre est complètement saoul !

— Hi, hi, hi ! On dit aussi « complètement beurré » ! Il va nous faire une jaunisse ! Hi, hi, hi !

Quand P'tit Pierre arrive dans la cuisine, encore ensommeillé dans son pyjama, tout le petit monde en fête s'arrête brusquement d'un seul coup.

Aussi, le robinet de l'évier arrête de goutter du nez en faisant « Plic-ploc », tout comme les assiettes, les fourchettes, les couteaux, les tasses, bref, la vaisselle, tous ne font plus les idiots à gigoter comme des singes sur l'égouttoir.

La grosse éponge jaune pleine de petits trous pour respirer qui jouait à cache-cache avec un verre est revenue à sa place.

La serviette de table s'est sagement repliée et n'amuse plus la galerie en flottant en l'air comme un tapis volant.

P'tit Pierre ne sait pas tout cela alors il s'assied, pose devant lui deux petites voitures qu'il a emmenées avec lui et boit une gorgée de chocolat chaud.

Le coude sur la table, la main tenant sa tête penchée, il fait rouler ses petites bagnoles autour des deux toasts.

Ce n'est pas bien d'avoir le coude sur la table !

Sa maman, en peignoir, entre dans la cuisine, dit bonjour à P'tit Pierre en lui faisant un gros bisou sur le front comme tous les matins et se sert du café encore chaud.

Pendant ce temps-là, alors qu'il n'y a plus personne dans la salle de bains, la savonnette s'est glissée dans un gant de toilette qui a le fou rire, car elle le chatouille.

Les brosses à dents et les tubes de dentifrice gigotent et chahutent en faisant des bonds dans les verres à dents.

Le flexible et la poire de douche font langoureusement un tortillement comme ferait un serpent se dressant doucement sur sa queue, envoûté par le charme des sons mélodieux de la flûte d'un fakir. (Cette flûte s'appelle un pungi, un punga ou un murli).

Le tapis de sortie de bain s'enroule et se déroule mollement, mais avec beaucoup de grâce, quant aux cotons-tiges pour les oreilles ils se bousculent dans la boîte, se tordent de rire et prennent des formes rigolotes. Les produits de maquillage de la maman ne sont pas timides non plus, puisque le fond de teint à commencer à peindre le portait de la maman sur le miroir au-dessus du lavabo, et que le fard à joues et celui à paupières ont dessiné les traits.

Le rouge à lèvres clair et le ricil ou le mascara – car n'est-ce pas là une mascarade dans le sens carnaval ? - ont fini le visage.

Il faut reconnaître que dans leur franche rigolade, le portrait ressemble plus à un clown qu'à autre chose.

Ni P'tit Pierre ni sa maman ne savent tout cela.

D'ailleurs la salle de bains se remettra en ordre et le miroir s'effacera en un éclair quand l'un d'entre eux y entrera.

P'tit Pierre a cessé de jouer avec ses voitures et il trempe ses toasts beurrés et confiturés dans son bol.

Il semble bien se régaler et sa maman partage avec lui une part de brioche moelleuse qu'elle a faite la veille.

P'tit Pierre avale ensuite le reste de chocolat. Il s'essuie la bouche et boit son jus d'orange pressé. Puis il dit :

— T'as vu, Maman ? J'ai tout fini, mais maintenant mon bol il est triste parce qu'il est vide !

Sa maman rigole.

En fait c'est vrai, cela sert à quoi un bol, une assiette, une casserole, un verre ou un saladier si c'est vide ?

***

Comme dit le proverbe :
« Il n'est de lumière que du matin
Comme manger de bonne faim. »
Autrement dit, il faut bien manger le matin pour passer une bonne journée.

,

Les nuages

On sait qu'il existe de gros nuages noirs qui nous cachent le soleil et le ciel bleu, qu'ils lancent de grandes flèches de feu en un éclair, qu'ils tapent sur leurs grands tambours de tonnerre qui résonnent jusqu'au fond de l'horizon, aussi, qu'ils versent sur nous toute l'eau qu'ils ont dans leurs poches.

Il existe également les nuages gris, beaucoup moins méchants que les sombres, mais eux, les gris, ont quand même plein d'eau dans leurs cartables ou leurs valises lorsqu'ils vont à l'école ou en vacances, poussés par le vent.

Parce que les nuages ils font aussi comme nous. Ils vont à l'école, au travail ou en vacances. Sauf que l'on ne sait pas où. Qu'importe, de toute façon, on s'en doute, ils ne passent pas là pour rien.

Enfin, ouf, il y a évidemment et heureusement les petits nuages blancs, tous frêles et fragiles. Ceux-là ils sont mignons comme des anges habillés en belles robes de crème Chantilly. Ils flottent en mousse au-dessus de nos têtes, sont gentils, rigolent entre eux, glissent doucettement dans l'air bleu azur et ne pleurent pas comme les autres noirâtres et grisâtres qui, malgré tout, arrosent la jolie végétation où l'on aime se promener.

Les petits nuages de couleur neige ou teinture lait (pas laid) sont des cumulus et tiens, justement, il y a une famille de ces nuages rikiki qui passe !
Elle s'appelle la famille Cumulus, tout simplement.
Ils sont trois. Les deux plus gros ce sont les parents et le minus, c'est leur bébé. Ils le suivent pour mieux le surveiller.
Le bébé dont c'est la première sortie est émerveillé, car c'est trop top géant à voir la planète vue d'en haut. Surtout les continents, parce que les océans c'est toujours pareil ; tout bleu.
Sur les terres on voit les fleuves qui font des zigzags, les déserts tout jaunes comme des omelettes, les grandes forêts que l'on dirait du gazon, les montagnes qui font le gros dos, les villes avec les petits bonhommes, les petites bonnes-femmes et les « p'tits n'enfants [1] ». On

---

[1] P'tits n'enfants. Idiotisme infantile plus ou moins populaire.

voit aussi les routes et les voies ferrées qui font comme une grosse toile d'araignée, aussi, les campagnes avec des champs pleins de cultures colorées. C'est joli.

La famille Cumulus vient des océans, car c'est là qu'ils naissent les nuages. Un peu comme les poissons sauf que les nuages vivent dans le ciel. Un nuage c'est comme de la vapeur d'eau que les vents poussent.

Malheureusement le climat et l'équilibre des règnes animal et végétal du gros caillou rond où l'on marche sont malades et en panne d'air pur, d'eau pure et de terre pure à cause des pollutions de toutes sortes. D'en haut, comme ça, sans être savant, on ne s'en aperçoit pas, mais en vérité ce n'est plus le docteur que l'on attend, mais plutôt le dépanneur, un peu comme pour faire réparer d'urgence la voiture en panne sur l'autoroute.

Ne sachant pas encore tout cela, Cumulus Junior, le bébé nuage blanc, demande à ses parents s'il peut descendre plus près de la Terre pour voir comment cela se passe et pour se faire des copains.

Aussitôt ses parents lui disent non, que s'il descend il va rencontrer des courants d'atmosphère chaude et qu'il sera dissout comme un sucre dans l'eau.

Mais il a envie de jouer, lui, c'est normal !

À part quelques oiseaux et des avions qui passent près de lui, il n'y a pas grand monde ni grand-chose à faire dans le ciel. Si, peut-être s'amuser avec les rayons du soleil ou de la lune, selon s'il fait jour ou nuit évidemment, mais c'est lassant à la longue.

Il paraitrait que les nuages n'ont pas de maison et ne dorment jamais. Il faudrait leur demander un jour. Chez les animaux, seul le dauphin ne dort pas réellement. Il y en a sûrement d'autres dans les fonds marins, mais c'est un autre sujet et puis les nuages ce ne sont pas des animaux, alors ils font ce qu'ils veulent. Et toc !

En fait, la petite famille Cumulus se rend à un concert des Nébuleuses, un groupe de nuages gris qui font de la musique tellement douce que nous, les humains, on ne peut même pas l'entendre. Elle est inaudible comme les ultrasons.

Peut-être que les chiens et d'autres espèces animales qui ont l'ouïe très fine peuvent la percevoir cette musique douce. C'est sans doute pour ça que les chiens aboient des fois sans raison apparente.

P'têt qu'on n'sait pas p'têt ![2]

---

[2] « P'têt qu'on n'sait pas, p'têt ! » Expression inconnue inventée par un copain anonyme. Traduction : Peut-être que l'on ne sait pas, peut-être !

Cumulus Junior s'ennuie dans ce concert des Nébuleuses. C'est très mélodieux, mais il veut s'amuser et discuter de choses importantes – des trucs de bébé, quoi ! – avec les brouillards en bas, au ras du sol.
Alors il descend quand même malgré les réprimandes de ses parents.

Crottin d'éléphant et terricules de ver de terre ! Voilà que Cumulus nimbus fond comme neige au soleil et il va rapidement se transformer en petites gouttes d'eau. Il va disparaître si ça continue…
Au secours ! SOS ! À la rescousse ! Vite, les Super Pompiers des nuages ! Vite, le SAMU des nuées ! Alerte ! Allo maman bobo !
Bien sûr il faudrait que P'tit Pierre passe par là pour déconseiller Cumulus Junior de faire une bêtise, mais voilà… il termine son petit déjeuner. Aïe, aïe, aïe !

Heureusement, le papa Cumulus toujours vigilant l'attrape in extremis on ne sait trop comment – par le bout d'une aile, sûrement - et le remonte d'un coup d'air froid vers le ciel bleu.
Bah, oui ! Ça doit avoir des ailes les nuages, sinon comment ils voleraient ?
Finalement, il se fait disputer, mais pas trop méchamment, car il faut bien qu'il apprenne les dangers.

On peut dire que le bébé nuage a eu de la chance. Puis, remise de ses émotions, la gentille petite famille Cumulus reprend sa route vers d'autres horizons.

***

Comme dit la citation de l'écrivain Denis Diderot : *« L'homme, comme l'enfant, aime mieux s'amuser que s'instruire. »*

Les baskets

Après son petit déjeuner et sa douche, P'tit Pierre va dans sa chambre pour s'habiller.

Son père est parti très tôt ce matin en déplacement pour son métier et sa mère a déjà préparé pour l'enfant ses habits sur le lit.

Non pas qu'il soit empoté, au contraire il est dégourdi, mais parfois cela fait gagner du temps. Pour être exact, si P'tit Pierre traîne un peu, ce n'est pas entièrement de sa faute.

Donc il commence à s'habiller.

Tout va bien pour ce qui est d'enfiler le slip et les chaussettes, mais pour attraper le tee-shirt c'est autre chose, car le maillot, dressé et agité comme par un marionnettiste invisible, danse sur les bords du lit.

— Qu'est-ce qu'y lui prend à çui-là ? dit le garçon dans son langage.

Il essaie de l'attraper, mais le maillot fait des bonds.

Alors, agacé et par un superbe plongeon digne d'un des plus grands gardiens de but de football du monde et de tous les temps, P'tit Pierre saisit d'une main tendue à bout de bras son tee-shirt rouge. Quel exploit !

Fier de sa prouesse il le passe sur lui, mais les manches continuent à bouger, montant et descendant sur ses bras, ce qui chatouille le garçon et puis peu à peu cela se calme.

Pour mettre son jean c'est encore une autre histoire, car celui-ci se promène raide sur ses longues jambes dans la chambre et aussi dans le séjour en faisant des va-et-vient chahuteurs.

P'tit Pierre a vraiment beaucoup de mal à l'attraper en courant après autour de la table du séjour.

Coprolithe de mammouth, ça l'énerve ! Alors il appelle sa maman, mais elle n'entend pas, car elle écoute à la radio dans la salle de bains une trop belle chanson qu'elle aime bien. Même qu'elle chante à tue-tête tout en se maquillant le visage.

Cela ne doit pas être facile de se maquiller tout en chantant, surtout pour le rouge à lèvres !

C'est bien connu les femmes ont plus d'un tour de magie dans leur sac… à main ou… à dos ou… à provisions ou… à langer… ou de voyage… ou de sport.

Donc comme P'tit Pierre est un malin, il court dans le sens inverse du jean et ainsi il réussit par surprise à prendre son pantalon et d'un coup d'un seul il l'enfile sans souci et sans résistance. Non mais alors !
Mais les pires ce sont les baskets.

Elles cavalent toutes seules dans la maison, l'une par-ci, l'autre par-là et, contrairement à ce que l'on pourrait croire, cela va vite des baskets vides, quand il n'y a pas de pieds dedans. Forcément, c'est plus léger ou moins lourd, ce qui revient au même.
C'est comme lorsque l'on dit d'une bouteille qu'elle est à moitié vide ou à moitié pleine, c'est kifkif bourricot !
Bref, quand il arrive à en prendre une, l'autre se sauve en faisant des petits sauts de cabri ou va se cacher sous le lit ou sous un meuble.
— Mais viens là, toi ! râle P'tit Pierre alors que les deux scratchs (velcros) se cognent l'un contre l'autre comme des mains qui applaudissent – on dirait même que la basket rigole en se moquant.
C'est quelque chose, quand même ! Il ne va jamais arriver à finir de s'habiller ce gamin !
Il a beau l'appeler, mais elle ne sort pas du dessous du divan alors que celle qu'il a pu chausser se tortille de rire à son pied.

Sa maman joliment maquillée entre dans la salle à manger et trouve P'tit Pierre allongé par terre, fouillant de son bras sous le divan où s'est dissimulée sa chaussure.

D'un coup net tout s'arrête. Les deux baskets redeviennent immobiles, inertes.

Ce qui fait que sa maman ne s'aperçoit pas qu'il y a des choses bizarres.

— Qu'est-ce que tu fais, allongé par terre ? demande-t-elle.

— Je cherche ma basket, M'man ! répond-il le bras enfouit sous le divan jusqu'à l'épaule.

— T'en fais un nigaud ! Dépêche-toi, l'heure tourne !

Grâce à la présence de sa mère qui a fait stopper la bizarrerie des chaussures, P'tit Pierre parvient à capturer celle qui lui manque.

Ensuite il termine de s'habiller en la chaussant, puis en courant chercher dans la chambre son cartable plein de savoirs, il prend son blouson dans le placard de l'entrée.

Au moment de partir, sa mère le réajuste un peu. Même si c'est bien, il faut qu'elle le fasse. C'est un réflexe. Des fois c'est énervant, mais enfin, bon…

Un court instant il reste bouche bée devant sa mère. Il ne sait pas s'il doit lui dire les trucs bizarres avec son tee-shirt, son jean et les baskets.

Il se dit que cela doit peut-être exister puisqu'on en voit dans des pubs à la télé ou les jeux sur l'ordinateur.

Il en est là de cette réflexion quand sa maman lui demande :

— Qu'est-ce que tu as, mon Pierrot ?

— Non, rien, M'man ! répond-il en saisissant son cartable à roulettes.

Ils quittent la maison. Direction l'école.

***

Comme dit le proverbe :
« Il a bien trouvé chaussure à son pied. »
Autrement dit, c'est trouver exactement ce que l'on a besoin, même si cela nous résiste ou est difficile à avoir.

La tuile – partie 1/2

Il y a une tuile en terre cuite qui s'embête à ne rien faire sur le toit d'une maison.

La cheminée qui est juste à côté la réconforte. C'est une belle cheminée qui ne lance plus de fumée à cause de la pollution et de la protection de l'environnement, sauf lors des soirées pour la Noël.

Oui, mais c'est bien beau et gentil tout ça, seulement la tuile elle a vraiment envie d'aller se promener un peu.

La cheminée lui fait remarquer que les tuiles ne sont pas faites pour aller se promener et qu'elle est très bien sur le toit à regarder le paysage.

Scrogneugneu ! La tuile n'est pas d'accord (majeur) et elle dit qu'elle sait qu'il y a plein de copines tuiles à elle qui sont en bas entassées dans le hangar et qu'elles veulent aller se balader toutes ensemble. Tout cela dit d'un seul trait sans respirer. Il faut le faire pour une tuile ! Et la cheminée de dire à son tour :

— Non, non, non ! Tes copines n'ont pas la clé du hangar qui est fermé !

— T'es sûre ?

— Oui !

— Ha, bon !

Mais la tuile est têtue. Elle veut descendre pour visiter la forêt qu'elle voit là-bas au loin. Se mêlant à la conversation une voisine tuile lui demande :

— Pourquoi tu tiens tant à aller dans la forêt ?

— J'ai soif d'aventures ! J'en ai assez, moi, d'avoir le soleil, la pluie, la neige et le vent sur le dos ! Tu comprends ? explique notre amie calmement.

— Allons ! Nous sommes faites pour cela et… tente de convaincre sa voisine d'une voix douce.

— Et rien du tout ! coupe l'aventurière.

— Mais c'est dangereux ! essaie encore la voisine.

— J'ai envie, c'est tout !

La cheminée intervient avant qu'elles ne se disputent en recommandant à la tuile de bien réfléchir si telle est sa décision. Surtout elle lui déconseille fortement de sauter dans le vide, car elle risque de tomber sur la tête de quelqu'un ou pire de se briser en mille morceaux par terre. Ce qui serait bien dommage.

Ce n'est pas idiot.

La tuile réfléchit quelques jours et un matin elle annonce à la cheminée et à sa voisine qu'elle a une idée. Elle va descendre par la gouttière.

Le gros chat Miaou – c'est son nom – passe par là et la cheminée, qui est en quelque sorte la reine du toit, lui demande :

— Bonjour Miaou ! Dis donc, tu as entendu ce que veut faire notre amie tuile ?

— Salut la compagnie ! Oui j'ai entendu…

— Et alors, qu'en penses-tu ?

— Ma foi, au moins elle n'est pas creuse du cerveau comme les flamandes ou de Guienne, ni molle comme celles aux amandes ! lance le chat blagueur. [3]

— Ah, ah, ah ! s'esclaffe toute la toiture toujours contente de voir le gros matou qui est rigolo avec ses jeux de mots (ou plutôt jeux de miaous).

Notre amie tuile lui demande à son tour :

— Comment fais-tu pour monter et descendre du toit, toi ?

---

[3] Types de tuiles : Flamandes = de la Communauté belge / De Guienne ou Guyenne = De la Province métropolitaine du même nom (ne pas confondre avec la Guyane) / Aux amandes = Pâtisserie.

Miaou s'assied près d'elle et lui dit qu'il y a un gros tas de bois derrière la maison et que pour lui c'est facile de sauter, car il a comme des ressorts dans les pattes.

— Tu en as de la chance, dit la tuile tristement puis, comme si un éclair de génie venait de lui traverser l'esprit, dis, Miaou ! Tu ne peux pas m'emmener sur ton dos jusqu'en bas, toi et tes ressorts ?

— Hélas, non ! Tu es trop lourde pour moi ! s'attriste le chat en posant une patte amicale sur la tuile.

Tout le monde autour est triste aussi.

Très gentiment et avec beaucoup de tendresse, Miaou console la tuile en lui léchant le bout du nez de sa langue râpeuse et en l'appelant par son petit nom.

Bah oui ! La tuile a un petit nom elle aussi ! Elle s'appelle Tégula. [4]

C'est comme ça ! On a tous le nom que l'on porte.

Tégula, c'est joli, non ?

Miaou, en la réconfortant, a des idées qui poussent dans sa tête de matou pour que Tégula puisse descendre du toit. Mais lesquelles ?

Est-ce d'attendre qu'un gros orage avec plein de vent très fort souffle sur la tuile et qu'en la poussant elle

---

[4] La Tégula était dans l'Antiquité une tuile plate qui servait à couvrir les toits.

s'envole jusqu'aux hautes herbes ? Comme ça elle sera amortie dans sa chute ?

Mais c'est quand qu'il vient l'orage ?

Ce n'est pas bête quand même. Il faudrait juste connaître la météo… seulement Tégula est pressée.

Est-ce que Miaou va demander à monsieur le couvreur – celui qui répare les toits – s'il pourrait descendre la tuile dans son sac ?

Mais il vient quand le monsieur et puis, sur le toit, qui parle le langage des hommes ?

Ce n'est pas stupide quand même. Il faudrait juste apprendre à parler « Homme »… seulement Tégula est pressée.

Est-ce que la reine cheminée pourrait avaler la tuile dans sa bouche et la laisser glisser dans son conduit jusqu'en bas dans l'âtre ?

Ce n'est pas bête non plus, seulement c'est risqué et puis il y a longtemps qu'elle n'a pas été ramonée. La tuile va être toute pleine de suie.

Est-ce que l'on ne pourrait pas la faire glisser le long du câble de l'antenne au moins jusqu'au grenier ?

D'abord ce n'est pas une antenne, mais une parabole. Admettons ! Et une fois dans le grenier ?

Miaou dit que les escaliers se chargeront d'aider Tégula. Il les connait.

À voir… seulement Tégula est pressée.

Une jonction de la gouttière lance brusquement :

— Miaou, tu es bien amusant quand tu fais tes jeux de mots, mais cela semble un peu tiré par les fixations tes propositions…

— Les cheveux ! On dit « Tiré par les cheveux ! », coupe la voisine de notre amie Tégula.

— Oui, peut-être, mais nous les gouttières on a des fixations et ce sont nos cheveux !

Le matou, touché dans son orgueil, réagit aussitôt. C'est bien connu, les chats, s'ils sont câlins et solitaires, ils sont aussi très malins et ont des copains surprenants.

Il fait taire tout le monde car il l'a, LA solution.

Il met ses deux pattes dans sa gueule en prenant bien soin de ne pas se griffer et il siffle quatre fois.

— Pourquoi tu siffles ? demande Tégula.

— J'appelle un ami.

Et à ce moment-là un énorme cordeau noir à gorge blanche vient se poser près d'eux.

Bien sûr personne n'a peur puisque c'est un ami.

Miaou lui explique la situation et le désir de Tégula d'aller se promener dans la forêt avec ses copines du hangar.

— Je vois, je vois ! dit le corbeau de sa voix grave en se frottant le dessous du bec avec ses plumes, signe de réflexion, puis annonce fièrement, la tête haute : d'accord ! Je l'emmène !

— Mais elle ne va pas être trop lourde pour toi, Corvi ? s'inquiète le chat.

— Tu rigoles, Miaou ! Je suis fort comme un truc !

— On dit « Fort comme un Turc ! », rectifie la voisine tuile.

— Si tu veux. Allez ! En route Tégula !

Il attrape la tuile avec ses grosses griffes en lui demandant de bien s'y accrocher et, tel un aigle, il déploie alors ses deux grandes ailes pour s'envoler majestueusement vers la forêt.

— Hourra ! Hourra ! » s'exclame la petite communauté du toit.

Tégula est toute contente et elle a même une petite larme qui perle sur la joue.

En vol, Tégula lui demande :

— Corvi c'est ton nom ?

— Oui ! C'est le nom d'une étoile…

— Comme celles dans le ciel ?

— Oui…. Oh ! s'écrie l'oiseau, regarde en bas !

En fait, il croasse plus qu'il ne s'écrie.

Au sol il y a Miaou qui est descendu du toit en quelques bonds et qui court vers la forêt.

— Oh ! C'est Miaou ! On dirait qu'il nous suit… Qu'est-ce qu'il va vite ! s'émerveille Tégula.

— Oui. À 40 km/h… Aussi rapide que moi !

— Ben, dis donc ! s'étonne la tuile en s'accrochant fort aux griffes de l'oiseau.

— Et puis là-bas, t'as vu ? dit Corvi en montrant du bec la route.

— C'est qui ?

— On dirait P'tit Pierre et sa maman…

— Ah, bon ? Il va dans la forêt aussi ?

— Non, c'est la route de l'école. Allez ! Tiens-toi bien, on va bientôt arriver ! conseille le puissant et gentil corbeau.

Puis Corvi pique droit vers la forêt. Tégula a un peu presque beaucoup peur et s'accroche de son mieux, car le sol s'approche très vite. D'autres auraient fermé les yeux, mais Tégula est courageuse. Elle veut vivre pleinement ce beau voyage. C'est une téméraire.

Et enfin l'oiseau la dépose tout doucement dans l'herbe. Le chat ne tarde pas à les rejoindre. Quelle course pour lui aussi !

Après quelques étreintes de joie, ils s'enfoncent tous les trois en rigolant sous les arbres pour la vraie aventure.

***

La suite ? C'est dans quelques pages, mais… comme dit le proverbe :

« Vouloir c'est pouvoir. »

Autrement dit, si on n'a pas de volonté ni d'ambition, on n'arrive à rien.

La pomme

Une pomme tombe d'un arbre.
En bas c'est comme du marbre,
Mais pendant sa chute
Avec les feuilles elle discute :

— S'il vous plait, retenez-moi !
Regardez donc en bas,
Le sol c'est ma tombe !
Crie la pomme qui tombe.

Les feuilles, vertes de peur,
La retiennent un peu et pleurent,
Lui disent qu'elle est trop lourde,
Qu'elle est vraiment une gourde,

Qu'il fallait rester
Bien accrochée !
— Mais c'est la branche qui a bougé !
Dit la pomme désespérée.

— Api ! Api ! Pense à Adam !
Chantent les feuilles en la lâchant.
Mais du fond de leurs nervures
Elles sont tristes, c'est sûr.

Et puis du feuillage
La pomme se dégage.
Sa chute continue,
Alors sa vie est bientôt foutue.

Mais P'tit Pierre passe par là
Et la pomme choit dans ses bras.
Il est content et surpris,
Pour tout dire, la pomme aussi.

Les feuilles applaudissent
Dans le vent qui les lisse.
Tout le monde est heureux
Avec presque des larmes dans les yeux.

On croit qu'il va la croquer,
Mais il vient juste de manger.
Lui il préfère s'amuser
Sous les arbres fruitiers.

Alors il lance la pomme
Bien haut en l'air et… et…
Ensuite à chacun d'imaginer
Ce que va devenir la pomme.

Comme dit le proverbe :
« Il faut laisser quelque chose au hasard ».
Autrement dit, on ne peut jamais tout prévoir même avec
la plus grande intelligence du monde.

ENSUITE...

LES MYSTÈRES DE P'TIT PIERRE

Le frigo

Dans le frigo tout le monde a froid et c'est encore pire dans le congélateur, car la nourriture est dure comme de la pierre.

Au début, les fruits et les légumes qui poussent dehors, à l'air, ils sont contents au soleil pour bronzer – ou mûrir – et sous la pluie pour se rafraîchir et se laver ; contents aussi que le jardinier ou la jardinière les soigne et les bichonne.

Sans oublier celles et ceux qui poussent à l'envers, enfin dans la terre.

Il y a également les poulets, les cochons, les lapins, les vaches, les poissons et autres animaux de la ferme ou d'ailleurs. Eux aussi ils sont heureux – s'ils ne sont pas trop serrés dans des clapiers, des cages ou des batteries - avant que l'on ne les chasse, ne les attrape ou ne les pêche.

Bon, d'accord, la nature est belle, mais nous il faut bien que l'on mange !

Donc on va au marché ou à la grande surface près de chez nous pour acheter du miam-miam quand on n'a pas de jardin. Alors forcément, en nous attendant, les légumes discutent entre eux sur l'étal. Ça occupe.

— Ça va les patates ?

— Patate toi-même ! D'abord nous ne sommes pas des patates, mais des pommes de terre ! Les patates c'est en Afrique ! Sinon, oui merci ! Ça va ! Enfin on respire, car cela fait un bout de temps que l'on a la tête dans la terre sans voir le jour. Et vous les boules de ketchup mi-fruit, mi-légume, vous avez honte de quoi pour être aussi rouges ?

— Tais-toi donc, tubercule jaunâtre ! Nous ne sommes pas du ketchup, mais des tomates ! On est rouge parce qu'on a attrapé des coups de soleil… En tout cas on est bien rondes et brillantes, pas comme vous toutes tristes, difformes et...

— Vous verrez, crient les pommes de terre, vous finirez farcies ou en potage !

— Et vous en purée ! répondent les tomates.

— En sauce bolognaise !

— Et vous en frites huileuses et en robe de chambre !

— Bande de nez de clown ! Vous allez vous retrouver en rondelles…

— Et vous en dés… »

Vous aurez compris qu'elles sont en colère et ne s'aiment pas beaucoup. Nous, si !

C'est idiot parce qu'elles finissent souvent ensemble dans le même plat au four ou en salade pour le hors-d'œuvre.

Les carottes, quant à elles, voudraient bien intervenir pour les calmer, mais les navets – ils sont bêtes ceux-là ! – les choux, les fraises, les concombres et les poireaux les taquinent en disant qu'ils risqueraient de finir en nez sur des bonshommes de neige plutôt qu'en petits flans bien onctueux.

Ce n'est pas très gentil pour les carottes !

Donc ça discute mûrement, fermement, souvent joyeusement et parfois en se disputant, le tout bruyamment dans les gouailleries maraîchères habituelles. [5]

Les laitues, les scaroles et les frisées fraîchement arrosées se pâment comme des soleils émeraude. Les pommes sont fières d'avoir les joues rouges. Les

---

[5] « Gouailleries maraîchères » : Plaisanteries que l'on entend sur les marchés, généralement entre les marchands-es et les clients-es

épinards comme les blettes nous offrent leurs plus jolis feuillages et les radis, affichant leurs petites frimousses roses, se prennent pour des stars avec leurs fans en queues de cheval.

Il y en a, il y en a plein, il y en a plein d'autres, toutes et tous aussi ravissants. C'est vrai que c'est joli et met en appétit.

Quand la cliente ou le client s'approche des étals, tous crient :

— Achète-moi ! Moi aussi ! Non, moi ! Achète-moi, s'il te plait !

Bien sûr nous on ne les entend pas parce qu'ils ont de toutes petites voix.

Seulement, ce qu'ils ne savent pas c'est qu'ils vont séjourner un certain temps dans le frigo avant d'être mangés. Pourtant ils connaissent tous leur destin de finir dans des assiettes après avoir été épluchés, pelés, épépinés, lavés, découpés, cuits ou assaisonnés crus. Ils le savent, car ceci est inscrit dans la mémoire ancestrale des légumes et des fruits et qu'ils sont nés pour ça. Pas comme nous. Nous on est justement là, entres autres animaux omnivores et herbivores, pour les manger.

Mais le plus redoutable c'est le passage transitoire dans ce diable d'igloo qu'est le frigidaire.

Pour l'instant ils sont fiers d'être achetés et emportés, soit dans de beaux paniers en osier, soit dans des sacs en toile pour les courses ou soit dans de simples sacs en plastique. Parfois c'est carrément tous réunis dans une cagette en bois.

Pendant le transport, à pied, en vélo, en voiture, en bus ou en autocar, ça y va bon train les conversations. Les abricots et les cerises sont en plein débat philosophique sur la différence des couleurs :

— Pourquoi toi t'es orange et moi rouge ? demande une des cerises, soucieuse et sérieuse.

— Je l'ignore encore, mais aussi pourquoi le citron est jaune et pas bleu ? dit à son tour un abricot.

À côté, un pamplemousse (jaune et pas bleu) rigole avec un poivron jaune (tiens ! tiens !) au sujet des feuilles de poireaux qui dépassent du panier et font les idiotes.

C'est vrai, elles dodelinent de la tête en faisant des grimaces !

Les tomates se serrent les unes contre les autres, car elles ont peur des oignons et de la gousse d'ail pas loin, alors que le gros pain de campagne enroulé dans du papier journal les recouvre toutes et tous. Non seulement il leur lit les nouvelles, mais il les protège.

On peut dire que dans l'ensemble cela forme une équipe bien sympathique, mais un peu turbulente.

Et la viande alors ? Et le poisson ? Et la charcuterie ? Et les gâteaux ? (Mmm !) Et les laitages ?
Holà ! Holà ! Calme il faut garder !
Il s'agit là de quelques courses au marché ou à la supérette du coin, pas le grand ravitaillement pour le mois dans un méga immense hyper marché avec d'énormes caddies pleins à ras bord ! Que nenni !
À manger, il y en a déjà dans la cuisine.

Arrivé à la maison tout ce petit monde va directement dans le frigo pour éviter que cela se gâte, car cela commençait à chahuter et à se chamailler dans le panier et les sacs.
Mais non, « pour éviter que cela se gâte » cela veut dire « pour ne pas que cela pourrisse trop vite » et non pas « que cela dégénère et se dispute ».

Une fois la porte fermée cela fait moins les guignols dans le bac à légumes. L'ambiance guillerette et bon enfant s'est refroidie d'un coup. On pourrait entendre si on avait les oreilles pour :

— Ho ! Ça caille là-dedans ! lance une voix.

— On était mieux au soleil ! dit une autre.

— Au secours ! J'ai froid dans mes feuilles ! se plaint une salade frileuse.

— Un peu de silence, je n'entends pas ce que me dit ma petite sœur endive !

— J'aurais dû apporter un pull ! murmure justement la petite endive.

— Et moi emmener un anorak ! ajoute une carotte.

— Tu n'as qu'à faire comme nous, disent les œufs, avoir une coquille sur le dos… ça protège !

— Hin, hin, hin ! C'est très drôle ! ricane la carotte.

— Calmez-vous ! Mais calmez-vous ! dit soudainement une voix.

— C'est qui ? s'inquiètent les locataires du bac à légumes.

— Ce sont les barres chocolatées, au lait et noisettes de P'tit Pierre ! explique le pot de confiture.

— Ah, bon !

Sur cette conclusion d'étonnement mêlée de respect, tout le monde se calme.

Le concombre, ayant trop froid, cesse de raconter ses aventures avec son ami le radis chourave. C'est dommage, cela faisait bien rire dans le potager. [6]

---

[6] Clin d'œil à la Bande Dessinée « Le concombre masqué » de Mandryka parue en 1965 dans les revues « Vaillant », puis « Pif Gadget » et « Pilote ».

La brique de lait évite de tourner pour ne pas déranger le jus d'orange qui grelote et réclame une grosse écharpe pour la passer autour de son bouchon.

Seulement dans un frigo il n'y a pas de cache-nez en laine à disposition, ni de chaussettes de montagne ou d'anorak et encore moins de moufles pour les mains (qui donc a des mains chez les fruits et légumes ?).

Les yaourts, le beurre, la crème fraiche et les fromages (et bien les voilà les laitages !) sont recroquevillés dans leurs emballages et claquent des dents. Pourtant ils sont habitués, eux, comme la viande et la charcuterie, à être dans la chaine du froid. Mais dans un frigo ce n'est pas pareil. C'est un peu comme dans un hôpital. Tout blanc.

La bidoche et la cochonnaille (les voilà aussi, justement !) sont rangées sagement sur une étagère.

Sans entrer trop dans le détail, car cela serait une visite touristique de la gastronomie française, certains aliments discutent sur un plateau, non pas télévisé, mais d'aluminium, en attendant les prochaines heures ou les prochains jours.

Seulement, les connaissant, ils risquent fort de parler de leur région dont ils sont très fiers.

— Tu sais, dit une tranche de rôti de porc à sa voisine saucisse de Strasbourg, je me souviens que dans notre porcherie on avait de quoi s'amuser dans l'auge.

— Moi aussi, dit la tranche de jambon. Je pouvais me rouler dans la boue sans me faire disputer par Maman ou Papa !

— Vous êtes la même bête ? demande une olive.

— Non, répond la tranche de rôti de porc, moi je suis du Dauphiné et elle de Bayonne.

À côté d'elles il y a la ribambelle de charcutaille alsacienne qui se serre pour se réchauffer.

En passant par la saucisse de foie, à tartiner, les saucissons pistachés ou noirs, les galantines fumées, bacon et autres, on peut supposer qu'il se prépare une fête autour d'une bonne choucroute.

C'est un peu normal, puisque la famille de P'tit Pierre est Alsacienne.

Bien sûr et obligatoirement toute cette nourriture réfrigérée est surveillée par les gendarmes.

Les gendarmes sont de bons petits saucissons du rayon charcuterie.

Enfin sur une autre étagère, des barquettes de volaille, escalopes et steaks dorment. Il ne faut pas les déranger.

La mayonnaise ne chante plus le dernier tube à la mode. Le ketchup, la tête à l'envers, n'a plus le nez qui bouge comme pour imiter le clown tout rouge. [7]

Dans la porte du frigo, il y a aussi la marmelade, la confiture, les canettes de bières, sodas, coca, les jus de fruits, l'eau minérale, etc.

Ne pas oublier le vin rouge et le blanc déjà entamés et avec un bouchon sur chaque bec. Sinon on les entendrait faire « Hic ! Hic ! » comme ceux qui sont souls.

Ce jour-là il manque leur copain d'Anjou, le vin rosé. C'est dommage car le rosé c'est le plus vieux vin de l'histoire puisqu'il existe depuis plus de 8.000 ans !

Puis, peu à peu, cela rediscute par-ci, par-là.

Au sujet du vin, un navet demande à un cornichon :

— Le vin rosé, c'est fabriqué avec des roses ? [8]

— Mais non, espèce de truffe ! C'est fait avec la petite pluie du matin que l'on appelle la rosée !

Évidemment dans le réfrigérateur tout le monde éclate de rire. Ça réchauffe un peu.

---

[7] « Le clown tout rouge » : Comptine de Ann (sans e) Rocard et Gérard Legoupil.

[8] Cette question on me l'a réellement posée mot pour mot il y a peu de temps par une personne de 30 ans. Dois-je changer de fréquentations ?

Donc c'est bien la preuve que les navets et les cornichons sont des imbéciles, puisque le vin c'est avec le raisin.

À l'inverse, dans le fraiseur, les glaçons sont contents du froid. Et ils demandent souvent aux frigorifiés de se taire un peu. Ce qui leur vaut d'avoir l'habituelle réponse :

— Hé, ho ! Ça va bien les eaux dures ! Retournez dans vos montagnes !

Toujours est-il que, avec ou sans glaçon, l'alcool c'est dangereux pour les grands comme pour les moins grands.

En plus, dans un frigo il fait noir, on ne voit rien et même les habitués du froid ont peur. Ils ont toujours connu le plein jour sauf peut-être les pommes de terre et celles et ceux qui grandissent la tête dans le sol, mais ce n'est pas pareil. Il n'y a pas de porte. Dehors même la nuit il y a la lumière de la lune.

— Brrr ! Je suis tellement glacée que je ne sens plus ma queue ! se plaint une cerise en remuant la queue qu'elle a sur la tête.

— Nous ce sont les pieds… On a l'impression d'être dans de la neige, ajoutent les champignons.

— On veut sortir ! On a peur du noir ! crient les tomates.

Pour résumer, c'est bien de mettre les aliments dans le frigo pour qu'ils gardent leur fraîcheur et ainsi pour notre santé, mais il ne faut pas les laisser trop longtemps, car ils ont trop froids et peur du noir couleur nuit.

Dans le congélateur qui est à côté, c'est plus que froid, c'est carrément comme dans les glaciers du Pôle Nord. D'ailleurs, on entend uniquement le ronronnement du moteur qui fabrique les degrés en dessous du zéro.

Tous ceux qui sont là-dedans sont figés, momifiés comme des pierres. Personne ne cause. C'est pire qu'au Musée Grévin, le musée de statues. Il y règne un silence de cathédrale.

Du reste, c'est curieux que dans les lieux religieux on parle tout bas. On a peur que quelqu'un entende les bêtises que l'on dit ou parce que cela résonne ? Peut-être les deux à la fois.

À moins que l'on n'ose pas déranger la statue qui fait le R avec les bras comme dans l'alphabet des marins. [9]

Un congélateur ça donne froid aux mains en moins de deux minutes. Ne fais pas bon y habiter ou y passer les vacances. Ce n'est pas l'endroit idéal pour bronzer !

---

[9] Les signaux marins avec les bras s'appellent l'Alphabet Sémaphore.

Et puis c'est bizarre, y'a du poisson tout dur. On dirait qu'il est mort noyé.

Pour compenser, y'a les glaces ! Heureusement.

Eh bien ! Quelle journée pour tous nos légumes et victuailles, car il est vrai qu'ils étaient tranquilles ce matin à la température ambiante ! Maintenant, dans le frigo…

***

Comme dit le proverbe :

« Qui rit le matin, le soir pleure. »

Autrement dit, personne ne peut prévoir le matin ce qui lui arrivera le soir.

L'école

P'tit Pierre a donc réussi à s'habiller et à chausser ses baskets. Il quitte la maison avec sa maman pour aller à l'école. Elle l'accompagne toujours un petit bout de chemin, non pas que l'école soit loin, mais c'est tout de même plus agréable de faire quelques pas ensemble et surtout c'est rassurant.

Arrivée rue Charlemagne où se trouve l'école, sa maman le laisse après un gros bisou. Ici il n'y a aucun danger à le laisser seul. Et puis ça fait nullos d'arriver devant les copains avec sa mère quand on a 8 ans, presque bientôt 9 !

Quand il parvient devant l'entrée, c'est la surprise. Et quelle surprise ! Il n'y a plus d'école ! Plus-d 'é-co-le ! Pfft ! Disparue l'école ! Volatilisée ! Vaporisée !

Il ne reste plus que les grilles d'entrée et la cour de récré !

— Trou de chaussette et œuf pourri ! Elle est où mon école ? s'écrie P'tit Pierre stupéfait, les bras en l'air devant les grilles.

— Elle est partie ton école, mon garçon ! répond une voix bizarre.

— C'est qui qu'y m'cause ? demande l'enfant avec son langage qui n'est pas toujours très académique et en regardant partout autour de lui.

— Ce sont nous, les grilles !

— Vous parlez, les grilles ? s'étonne-t-il en les touchant.

— Évidemment que l'on parle ! Comme tout le monde ! Déjà que l'on ne peut pas bouger alors si nous ne parlions pas, nous nous ennuierions jour et nuit !

Il y a un court instant de silence.

L'une des grilles se penche vers P'tit Pierre et elle a l'air bien triste :

— Tu sais, explique-t-elle, lorsque nous nous sommes toutes réveillées ce matin, zioup ! Plus rien ! Nous avons été très étonnées comme toi, car nous ignorons ce qu'il s'est passé pendant que nous dormions. Quant à tes petits camarades, ils sont partis il y a deux minutes à la recherche de l'école. Tu devrais vite les rattraper !

— Essaie de la retrouver, s'il te plait, car je suis inutile maintenant ! supplie la cour de récréation en bombant son ciment qui lui sert de ventre.

P'tit Pierre se dit que c'est anormal une école qui disparait comme ça du jour au lendemain.

(Il aurait bien dit que c'est abracadabrant, mais il ne connait pas le mot).

C'est vrai puisqu'hier elle était encore là. Et puis un grillage et une cour qui causent, ce n'est pas ordinaire non plus ! (Là aussi il aurait pu dire abracadabrant !).

— Vas-y ! Il faut la retrouver cette école ! l'encouragent les grilles chaleureusement. Si elles n'étaient pas fixées au sol, elles sauteraient d'enthousiasme autour de lui et même, l'accompagneraient.

Décidément, il s'en passe des choses bizarres depuis ce matin. Il décide de voir ça plus tard et d'aller rejoindre ses copains, d'autant plus qu'il va être en retard pour son cours de géographie.

Il trouve curieux aussi que son copain Moumousse ne soit pas là. Ils sont toujours ensemble d'habitude.

Moumousse c'est le diminutif de Mustapha, un Maghrébin drôlement sympa qui blague tout le temps.

Tant pis. Il ramasse son cartable et remonte la rue Charlemagne.

Arrivé à hauteur du parking du supermarché Minusprix, il s'arrête net, car il y a une classe en plein milieu. Une vraie classe comme la sienne avec les murs, les fenêtres, les élèves dedans et la maitresse qui écrit au tableau.

Tout content et loin de se poser la question de savoir pourquoi la classe est là, il court puis stoppe à quelques mètres.

— Mince alors ! Ce n'est pas ma classe ! constate-t-il.

— Va voir un peu plus loin, nous avons vu passer d'autres morceaux d'école dans la rue ! lui disent les lignes blanches du parking.

— Euh… oui… merci… balbutie-t-il sans même se formaliser que ce soient des lignes par terre qui lui parlent et à qui il répond.

Il n'est plus à ça près.

P'tit Pierre repart et fait bien attention de ne pas marcher sur les lignes blanches par peur de leur faire mal, tandis que dans le cartable cela commence à gigoter.

Les cahiers, les livres comme la trousse se poussent les uns les autres pour trouver une meilleure place.

Sur le trottoir, juste avant la rue Alcuin, il trouve l'un des couloirs de son école.

— Seulement un couloir ? dit-il.

Le couloir est littéralement étalé tout du long sur le trottoir. Un couloir sur un trottoir. Ni plus ni moins. Normalement dans l'école, pour arriver à ce couloir, on y arrive par en escalier, mais ici il n'y a pas d'escalier. D'ailleurs, dans la rue il n'y a personne non plus. Peut-être que les gens cherchent l'école eux aussi ?

Alors P'tit Pierre passe doucement sa tête dans le couloir, regarde, ne voit personne, entre et avance. C'est sûr, c'est le couloir de sa classe. Il le reconnait bien aux photos et dessins accrochés sur les murs. Puis lentement il ouvre les portes une par une, mais à chaque fois cela donne sur la rue. Il n'y a pas de classes derrière les portes. C'est un couloir sans rien autour. Rien sinon la rue.

Il arrive au bout et là en sortant il se retrouve à nouveau sur le trottoir.

Il se retourne, s'étonne en haussant les épaules et quelque peu dépassé par les évènements prend la rue Alcuin.

Dans cette rue il y a un parc qu'il connait aussi pour y aller souvent. Un parc avec un plan d'eau, des espaces verts, des jeux pour enfants, des bancs, un terrain pour les joueurs de boules, le foot, le basket, le hand, le volley ou ce qu'on veut. Des fois c'est la cohue et des bousculades parce que tout le monde joue en même temps.

Miracle ! Sur le terrain de jeux il y a sa classe, ses copains et ses copines qui attendent devant ! Il n'en croit pas ses yeux qui sont ronds comme des prunes par l'étonnement.

— Hourra ! s'écrie-t-il en courant vers eux.

Même dans son cartable cela danse la farandole, s'amuse et lancerait des confettis s'il y en avait, bien sûr. Les devoirs racontent des blagues et les feutres se prennent pour des petites trompettes en faisant des sons de toutes les couleurs.

Il rejoint ses camarades et toutes et tous s'embrassent, sautent de joie, rigolent, se demandent qui, que, quoi, comment, où, lequel, laquelle, pourquoi et surtout quid (quoi dire) de l'école ?

Pas le temps de répondre à toutes ces questions, car la maitresse Mademoiselle Mirabelle arrive sur son vélo.

Mademoiselle Mirabelle vient en vélo en ce moment, car sa voiture est chez le docteur des moteurs. Ben, oui, hein ! Ça arrive, hein ! Même que Moumousse, le bon copain, l'appelle « Miramzelle » parce que Mira c'est le début de Mirabelle et Zelle la fin de Mademoiselle et que c'est devenu son surnom. Ouais !

— Ho ! Mes enfants ! Vous êtes tous là ! Quel bonheur ! se réjouit-elle les bras grands ouverts alors que ses élèvent l'entourent et s'exclament tous en même temps :

— Maitresse, on a trouvé toutes les deux, grâce à mon chien ! lancent deux fillettes.

— Moi, m'dame Mademoiselle, j'ai vu la cantine près du passage à niveau ! dit un élève.

— Elle s'prenait pour la gare ? rigole Moumousse.

— Moi j'ai vu une classe rue des Sumériens ! précise un autre garçonnet en tirant la manche de l'institutrice. [10]

— Des quoi ?

— Des Sumériens, tête de mouche ! J'crois que c'est une marque de sous-marins…

— Mais non, les enfants ! intervient la maitresse.

— Miramzelle, moi j'ai vu m'sieur l'Directeur qu'a r'trouvé son bureau dans les zigouts ! dit fièrement Moumousse.

— Les égouts ! reprend-elle.

---

[10] Sumériens : Ancienne civilisation qui inventa l'écriture il y a environ moins 3.200 ans avant Jésus-Christ – Quant à l'alphabet ce sont les Phéniciens qu'ils l'ont inventé vers moins 1.600 ans av. J.-C. Mais alors, Charlemagne et Alcuin comme le nom des rues ? Eh bien… demande-le !

— C'est mon cousin qui cause comme ça, ce n'est pas ma faute !

— Ton cousin ce n'est pas un grand poète, tu sais !

— Hé ! intervient un élève, moi j'ai vu un pompier qui cherchait aussi et y m'a dit que c'était à cause de la plaine de la lune…

— Tête de mouche, dit le garçonnet des Sumériens, ce n'est pas la plaine de la lune, c'est la pleine lune qu'on dit !

— Moi j'ai traversé notre couloir sur le trottoir et vu une classe sur le parking de Minusprix, dit à son tour P'tit Pierre

— Allons, les enfants, tranche Miramzelle, rentrons vite dans la classe avant qu'elle ne disparaisse à nouveau !

— C'est peut-être les martiens ? lance bêtement un autre.

— Ho, lui, hé ! Les martiens ! rigole une fillette.

— Et si elle s'envole avec nous dedans ? Chahute Moumousse en battant des bras comme un oiseau fait avec ses ailes.

— Allez ! Zou ! En classe les glorieux chercheurs ! conclut la maitresse en tapant dans ses mains.

— Ouais ! crie la petite bande d'élèves joyeusement et en se bousculant.

Là-bas, au loin, les grilles de l'école et la cour de récré comme les bandes blanches du parking sont contents de savoir que tout le monde va bien.

En entrant, l'une des fillettes demande :

— Comment qu'on va refaire l'école Miramzelle ?

— On verra plus tard… peut-être cette nuit… avec les ouvriers… rassure-t-elle sans vraiment trop y croire.

Le cours de géo d'aujourd'hui porte sur les fleuves de France. D'abord où chacun prend sa source et où il se jette, dans quel océan ou quelle mer.

Heureusement que l'école ne s'est pas éparpillée le long de tous ces fleuves et rivières sur des milliers de kilomètres, parce que dis donc… quel bazar pour la retrouver et ramener tous les morceaux !

***

Mais comme dit le proverbe :

« La persévérance vient à bout de tout. »

Et aussi le dicton :

« Qui cherche trouve. »

Cela se passe de commentaires.

LES MYSTÈRES DE P'TIT PIERRE

La pendule

Il y a une pendule toute neuve qui vient d'être accrochée dans la cuisine.

Quelqu'un lui a mis une pile dans le dos et voilà qu'elle fonctionne pour la première fois.

La pendule est réglée sur 15 heures, mais elles sont bêtes les aiguilles, vraiment bêtes, car elles ne se parlent que lorsqu'elles sont l'une sur l'autre.

En plus cela ne dure que quelques secondes à chaque tour de la grande aiguille donc forcément toutes les … toutes les … toutes les combien ?

Toutes les heures ? Et bien non.

C'est plus compliqué que ça et c'est le mystère des aiguilles qui se superposent.

Pour ne pas entrer dans des discussions sans fin comme on en trouve sur Internet, disons que ce sont toutes les une heure, cinq minutes et vingt-sept secondes.

Bah, oui ! Parce que comme la petite aiguille avance tout doucement, la grande, elle, doit faire un peu plus d'un tour de cadran pour la rejoindre.

C'est compliqué, hein ? Même bien plus.

Oui, mais c'est comme ça en vrai. Il suffit de regarder une horloge. Elles se rencontrent bien, mais pas à des heures rondes et uniquement 22 fois, alors qu'une journée fait 24 heures. Cela parait étrange et c'est en fait le mystère des aiguilles. C'est ainsi, seulement on n'est pas à l'école, ni là pour faire des calculs savants.

Donc pour nos aiguilles cela ne fait pas beaucoup de temps à chaque fois, juste de quoi pouvoir échanger quelques mots.

Quand elles se rencontrent pour la première fois vers 15 h 16, elles ne se connaissent pas puisqu'elles sortent toutes neuves de l'usine.

— Bonjour petite aiguille… comment tu t'appelles ? lui demande la grande.

— Bonjour, moi c'est Midi ! répond la petite aiguille.

— C'est joli comme nom ! Moi c'est Minuit. Et tu viens d'où ?

— Et bien de l'usine !

— Mais non, imbécile ! De quel pays viens-tu ?

— Comme toi, je suppose ! D'ailleurs tu me ressembles en plus longue… Tu ne serais ma grande sœur des fois ?

— Je ne sais pas, répond la grande, mais c'est vrai que l'on a un air de famille…

— Mon pays s'appelle…

Hop ! C'est fini ! Elles ne sont plus l'une sur l'autre et ne peuvent plus se parler. Il faut attendre le prochain tour.

16 h 21. Elles se superposent à nouveau.

— Alors ton pays ? demande Minuit, la grande.

— Mon pays s'appelle « Heure » parce que je dois indiquer les heures, dit Midi de sa petite voix.

— Ce n'est pas un pays, ça !

— Si Madame ! confirme-t-elle solennellement, et toi ?

— Le mien c'est « Minute » parce que je désigne les minutes…

— Ben, on n'est pas des sœurs, alors !

— Si, quand même un peu parce qu'on est de la famille des Aiguilles !

— Des cousines, tu crois ?

— Peut-être…

Hop ! C'est fini ! Elles ne sont à nouveau plus l'une sur l'autre. Il faut encore attendre le prochain tour.

17 h 27.

— Coucou Midi, c'est moi, ça va ?

— Oui. Dis-moi, on n'a pas beaucoup de temps pour parler… Tu ne penses pas que l'on devrait coder notre langage ? demande la petite.

— Faut voir ! répond Minuit pensive.

— Autre chose, je crois qu'il y a d'autres pays que les nôtres…

— Lesquels ?

— Jour, Semaine Mois, Année et aussi…

— Tu es sûre ?

Hop ! C'est fini !

Bon, mais si on attend toutes les heures et quelques minutes, cela risque d'être bien long.

Alors elles tournent, elles tournent et tiennent un petit brin de causette à chaque rendez-vous.

Elles deviennent des amies par la force du temps, mais il y a deux choses qui embêtent la grande Minuit.

La première est que lorsqu'elle se trouve en bas de la pendule, c'est-à-dire sur le 6 ou le VI – chiffre romain, ça dépend des cadrans – il faut qu'elle remonte jusqu'au 12 ou XII. C'est fatigant.

Il faudrait lui mettre une échelle.

La petite Midi l'encourage à chaque fois et c'est beau à voir cette solidarité.

Il faut se serrer les coudes pour s'entraider.

De toute manière les aiguilles n'ont pas intérêt à se chamailler sinon on perdrait du temps à les séparer et on serait en retard pour aller à l'école, au travail, à plein d'activités et même pour partir en vacances.

Quant à la seconde chose qui embête Minuit c'est qu'il y a du bruit.

Elle se concentre pour en parler à la prochaine rencontre.

Maintenant elles se connaissent mieux et s'efforcent de parler plus vite pour dire plus de trucs car elles ont vraiment si peu de temps.

Donc… 10 h 54 du matin.

— Dis-moi, Midi, j'entends toujours « Tic-tac ! Tic-tac ! Tic-tac ! », c'est énervant toute la journée et toute la nuit ! J'en ai mal au chas… C'est quoi ? [11]

— C'est la grande folle, la trotteuse ! Elle vient du pays des Secondes ! Elle tournoie 60 fois plus vite que toi, chère Minuit…

— Quelle enquiquineuse !

---

[11] « Chas » : Trou dans la tête d'une aiguille où passe le fil à coudre. Se dit aussi pour les maçons et le fil à plomb.

— Oui, c'est aussi pour cette raison que l'on ne peut pas lui causer, même pas une seconde car elle passe trop vite !

— Mais elle n'a pas le tournis ta Trotteuse d'aller à si grande vitesse ?

— Va savoir !

Hop ! C'est fini.

Des fois elles n'ont pas le temps de développer un sujet. Ça prend souvent des heures pour dire deux ou trois longues phrases.

12 h 00.

— Hé, Minuit ? On n'a pas vu le passage de 11 h et tant de minutes ! s'étonne Midi.

— C'est comme pour le 23 h, il n'y en a pas…

— Pourquoi ? Il y a bien le chiffre 11 sur le cadran…

— C'est le mystère des aiguilles qui se superposent !

— Ha, bon !

— Au fait c'est ta fête, Midi, il est midi… alors bonne fête !

— Hi, hi, hi ! Merci ! C'est vrai qu'on a de la chance, nous, c'est notre fête tous les jours…

— Pour toi… moi c'est toutes les nuits ! précise Minuit.

Hop ! C'est fini ! Il faut encore patienter.

Plus tard. 20 h 43.

— Quand est-ce qu'on se repose ? demande Midi.

— Lorsque la pile sera usée.

— Dans combien de temps, Minuit ?

— Ouillouillouille ! Ça peut durer des mois !

— C'est long… s'attriste la petite.

Puis elle s'adresse à la pile :

— Hé, la pile ! Tu ne pourrais pas t'arrêter de nous envoyer du courant dans les pattes ?

— Tu perds ton temps, Midi, intervient Minute, une pile c'est sourd comme un pot et en plus c'est muet comme une carpe !

— Crotte de gorille ! conclue la petite.

Ce n'est franchement pas marrant d'être une aiguille de pendule, d'horloge, de montre ou autres montreuses d'heures,

La grande Minuit se dit, dans une réflexion chronométrée, qu'elle aimerait bien une fois être une petite aiguille comme Midi pour tourner moins vite.

Seulement, la petite Midi n'est peut-être pas heureuse de devoir tourner lentement et ne veut peut-être pas pour autant devenir une grande comme Minute !

Et ainsi va la vie des aiguilles avec leur mystère, mais…

***

Comme dit le proverbe :
« *Qui va à la chasse perd sa place.* »
Autrement dit, lorsque l'on possède des avantages, il faut se garder de les abandonner sous peine de voir les envieux se les approprier avant notre retour.

***

Voir à la fin du livre (Appendices – Heures et aiguilles) pour avoir le détail du mystère de la superposition des aiguilles.

Le petit chemin

C'est un petit chemin
qui sent bon la noisette.
Un beau petit chemin
qui n'a ni queue ni tête.
On le voit qui fait trois
petits tours dans les bois. [12]

C'est un petit chemin très calme qui s'ennuie beaucoup, car personne ne vient lui marcher dessus. Alors les arbres, les fleurs et les petits animaux lui demandent souvent :

— Mais pourquoi il n'y a personne ?

— Je ne sais pas, mes amis... sans doute parce que je suis petit ou trop loin de la ville ? répond le petit chemin.

---

[12] Extrait adapté du refrain de la chanson « Ce petit chemin », chantée par Georges Brassens (1933 – Composition J. Nohain et Mireille).

— Il va falloir faire quelque chose en urgence ! crie une ortie qui pique quand on la touche.

— Oui ! Tu as raison, l'ortie ! On va tous chercher des promeneurs ! s'énerve et propose un gland de chêne.

— Tais-toi donc, idiot ! intervient un champignon, comment veux-tu qu'on aille en ville ?

À ce moment-là une pomme de pin tombe de la cime des arbres sur le petit chemin.

— Aïe ! Tu m'as fait mal ! se plaint le chemin.

— Excuse-moi, mais il fallait bien que je tombe quelque part ! répond le cône d'un air embarrassé.

— Tu aurais pu chuter ailleurs que sur moi, quand même… lui fait remarquer le petit chemin gentiment.

Le renard du coin qui a tout vu arrive aussitôt. De toute manière dès qu'il se passe quelque chose il accourt.

— Tu as mal où, petit chemin ? s'inquiète-t-il en balayant de sa queue le cône de pin et l'envoie sur le bas-côté.

— C'est difficile à dire…

— Je n'ai pas fait exprès ! s'excuse à nouveau le fruit.

— Bon, on ne va pas en faire un fromage… je ne suis tout de même pas blessé ! minimise le chemin.

Pendant que cela discutaille, il y a un escargot qui commence à traverser doucement le sentier.

— Tu vas où toi ? demande le chemin.

— J'ai un rendez-vous important alors je prends un raccourci et passe sur toi, mais… je fais au plus vite, crois-moi !

— Ah, ah, ah ! rigole le renard sans se moquer. Qu'est-ce que tu vas vite à cinq centimètres à l'heure, Diego ! Parce que l'escargot s'appelle Diego.

— Ho, tu sais, rigole également l'escargot, c'est sûr que je ne vais pas aussi vite que l'oiseau pèlerin à presque 350 km/h, mais au moins, moi, je prends le temps de voir le paysage !

— Écoute, mon ami escargot, je ne sais pas ce que tu as d'important à faire et cela ne me regarde pas, mais tu baves ! Regarde derrière toi, Diego, tu es en train de me salir ! lui dit le petit chemin.

— Oui je sais, pardonne-moi… Je laverai en revenant ! répond la bête à cornes.

Une jolie violette des bois qui sommeillait paisiblement, bercée par le gazouillis des oiseaux, se réveille et se penche sur le chemin.

— Dites, vous autres, ce n'est pas fini ces discussions ? Je voudrais bien dormir un peu et profiter des quelques rayons de soleil qui traversent les branches pour m'épanouir.

— Mais tu es déjà la plus belle, Violette ! lui susurre aimablement le champignon très flatteur.

— Merci gentil Bolet !

— Y sont amoureux ! Y sont amoureux ! chantent alors gaiement les mousses et les fougères avoisinantes.

Un papillon passe par là et se pose sur le petit chemin pour souffler un peu.

C'est fatigant de toujours battre des ailes.

Le papillon s'appelle Alfred. C'est un bel insecte avec les ailes bariolées de rouge, de rose et de bleu ciel.

— Bonjour Alfred, dit le sentier.

— Bonjour Petit Chemin ! Salut la compagnie ! lance-t-il en tournant sur lui-même et en agitant ses belles ailes.

— As-tu fait un beau voyage ?

— Très agréable, merci !

— À tout hasard, est-ce que tu aurais vu du monde qui viendrait par ici ? demande le chemin.

— Oui, un lapin, deux limaces et…

— Mais non, Alfred ! intervient le renard, on te demande s'il y a des promeneurs, des humains sur deux pattes, qui viennent ?

— Oui, oui et oui ! Ils sont deux, pourquoi ?

— Youpi ! Youpi ! explose de joie le petit chemin, enfin voilà du monde ! Youpi !

— Tu l'as ta réponse, Alfred, non ? dit le renard rusé.

— Allez, Diego, dépêche-toi ! s'inquiète la pomme de pin pour encourager l'escargot à quitter le chemin.

— Han ! Han ! Je fais ce que je peux ! répond-il en faisant des efforts violents pour aller plus vite.

Tout d'un coup il y a une drôle d'effervescence dans le bois.

— Les petites fraises, allez donc vous cacher sinon les promeneurs vont vous cueillir ! recommande le petit chemin qui prend la direction des choses.

— On ne peut pas bouger… on est accroché au sol !

— Toi aussi, mon mignon Bolet, abrite-toi ! dit tendrement Violette.

— Y sont amoureux ! Y sont amoureux ! chantent encore les mousses et les fougères.

— Protégez-les au lieu de ricaner comme des débiles mentales et de brailler comme des baleines ! rouspète à juste titre le sentier.

C'est vrai, quoi, ce n'est pas gentil ! Et puis ils font ce qu'ils veulent, la violette et le champignon !

— Des baleines ! Des baleines ! On n'est pas des baleines ! ronchonne une des fougères.

Bon. Les hautes herbes, buis, ronces et fleurs multicolores rassurent les deux amoureux en promettant de les protéger de leur mieux.

— Tu restes, Albert ? demande le petit chemin au papillon.

— Oui. Je vais me poser sur Diego pour attirer l'attention des promeneurs afin qu'ils ne l'écrasent pas…

— T'es vraiment sympa, Alfred ! Je te revaudrai ça ! remercie l'escargot.

C'est beau quand même la fraternité de la communauté d'un bois !

Tout le bocage se fait très beau autour du sentier pour accueillir les promeneurs, car enfin il va savourer le plaisir d'être foulé par les pieds des deux flâneurs.

Il est le plus heureux du monde. Cela faisait si longtemps…

***

Comme dit le proverbe avant la suite de l'histoire :
« Tout vient à point à qui sait attendre »
Autrement dit, on arrive à tout avec de la patience.

***

Les promeneurs entrent dans le bois. C'est un couple d'une trentaine d'années.

Ils viennent ici pour discuter de la vie, enfin des trucs de grandes personnes, et pour respirer le bon air et les généreux parfums du bois. En fait, ils viennent pour ramasser des champignons.

Ce n'est pas pour rassurer le gentil Bolet près de la jolie Violette.

Puis tous nos petits amis et habitants du bois comme le sentier retiennent leur souffle.

De toute façon, nous, avec nos drôles d'oreilles, on ne peut pas les entendre. Par contre les arbres, le vent dans les feuilles, les oiseaux et autres bruits mystérieux de la nature, on les entend bien.

Les promeneurs commencent leur cueillette, mais ils ne connaissent pas bien les champignons. Et ce ne sont pas ces derniers qui vont dire « Moi je suis bon à manger ! », soit parce qu'ils n'ont pas envie d'être mangés ou soit parce qu'ils sont trop petits. Ou les deux. Là, il y a un grand-père qui passe.

Ouah ! C'est le petit chemin qui est heureux ! Voilà un flâneur de plus ! Celui-ci il vient de temps en temps. C'est Alphonse, le grand-père de P'tit Pierre.

Il salue le couple de promeneurs qui lui demande des conseils sur les champignons. Gentiment le papy leur indique surtout ceux qu'il ne faut pas prendre.

En fait la promeneuse, elle préfère cueillir des fleurs.

Ce n'est pas pour rassurer la jolie Violette près du gentil Bolet.

— Regarde, chéri, dit-elle à son mari, tu vois le beau papillon posé sur l'escargot ?

— Ha, oui ! Tiens ! Prends-les en photo !

Et clic ! Voilà Alfred et Diego pour une belle photo dans un album ou, qui sait, en écran de veille d'un ordinateur. Heureusement qu'il était là le papillon Alfred pour sauver son copain à coquille Diego au milieu du petit chemin.

La promeneuse se penche ensuite pour faire un beau petit bouquet de fleurs. Elle s'approche des violettes et en cueille quelques-unes juste à côté de celle que l'on connait. Ouf pour elle !

Pareil pour notre copain champignon, le promeneur ne le cueille pas non plus. Ouf pour lui aussi !

Tous deux se regardent soulagés et heureux d'avoir eu la chance de pouvoir rester encore l'un près de l'autre.

— Y sont amoureux ! Y sont amoureux ! murmurent, mais tout bas, les mousses et les fougères.

La matinée passe doucement et les paniers des promeneurs et du papy Alphonse se remplissent de champignons, de fleurs, d'écorces d'arbres, d'herbes diverses et autres merveilles que l'on trouve dans une forêt ou un bois.

Le petit chemin a presque la larme à l'œil tellement il est heureux que des personnes gentilles soient venues poser leurs pieds sur lui.

Après le départ des visiteurs, tout le petit monde du sentier est à la fête et y va de son commentaire. On peut tous les entendre parler en même temps et en tendant bien l'oreille :

« Ben moi je n'ai pas eu peur ! », « T'as eu de la chance jolie Violette ! », « Hé, Diego, la dame nous a pris en photo ! », « C'est quand qu'ils reviennent ? », etc.

Un vrai bonheur.

Même ceux et celles dans les paniers sont contents, car ils vont continuer à donner du plaisir à être regardé ou être bien bon à manger.

Nos amis auraient bien voulu un beau proverbe rien que pour eux, mais il y a deux pics-verts qui font les idiots en faisant de la batterie avec leurs becs sur les troncs d'arbre et amusent tout le monde.

Ça fait de la musique, alors tous dansent et chantent.
C'est sûr, personne n'aurait pu l'entendre ou le lire, ce proverbe, tellement il y a la fête.
Tant pis. Une prochaine fois, peut-être…

Le retour

P'tit Pierre sort de la classe qui se trouve dans le parc. Le cours de géo d'aujourd'hui portait sur les fleuves de France. L'école est toujours éparpillée on ne sait où. Il est avec son copain Moumousse qui lui demande :

— T'as compris, toi, pourquoi y'a de l'eau douce et de l'eau salée dans les fleuves et pas de l'eau sucrée ?

— Mais non, idiot, tu confonds avec la limonade !

— Ha, bon ! On va acheter des bonbecs ? suggère Moumousse pas vraiment contrariant ni obstiné et pour faire diversion. [13]

— Non ! Je rentre, il y a des trucs à faire chez moi.

— Des trucs ?

— Ouais ! C'est secret… conclut notre héros sans autres explications.

---

[13] « Bonbecs » = Délicieux bonbon gélatineux en forme de petit ours de différentes couleurs et de parfums (orange, pomme, fraise...).

Ils disent salut aux copains et copines, puis remontent la rue Alcuin et la rue Charlemagne en oubliant que l'école est dispersée aux quatre coins du quartier. De toute façon, il parait que cela sera arrangé et remis en ordre pour demain.

Ils se séparent devant chez Moumousse qui habite à trois maisons de P'tit Pierre qui rentre chez lui.

Après avoir retiré ses baskets dans l'entrée, il pousse la porte donnant dans le séjour.

Les ampoules du lustre accroché au plafond de la salle à manger ont tiré sur les fils électriques et jouent aux trapézistes en se balançant comme au cirque.

C'est quand même risqué parce qu'il n'y a pas de filet de sécurité en dessous.

Le grand lampadaire blanc se tortille dans tous les sens, car il a le fou rire de voir se dandiner les ampoules au bout des fils au plafond.

Les prises de courant, elles, font les intéressantes à sautiller sur les plinthes en clignant des yeux. Oui, des yeux !

Les prises de courant ont un œil rouge et l'autre bleu. On dit des yeux vairons. Elles ont aussi un long nez qui à l'autre bout va se moucher dans la terre.

Dans la bibliothèque, les livres font un débat littéraire sur le dernier bouquin qui vient d'être lu et rangé par la maman. Le débat semble animé :

— Tu vois, insiste le livre d'aventures, ce qui engrange la dissémination narrative vient du fait d'une coalition du vécu de l'auteur et de son approche philosophique du surmoi…

— Pardon de t'interrompre, rétorque le livre de science-fiction, mais c'est indubitablement là toute la consistance profonde et en demi-teinte de…

Bref, des bavardages où l'on ne comprend pas un mot. D'ailleurs, on ne sait même pas si ceux qui parlent comprennent vraiment ce qu'ils disent.

À côté, sur le canapé, les coussins sont moins intellectuels et jouent à saute-mouton.

— Ça suffit ! crie P'tit Pierre en lâchant son cartable, j'en ai assez de vos singeries !

— Tu vois bien que l'on s'amuse ! dit une des ampoules.

— Arrêtez ! Mon papa va bientôt arriver !

C'est vrai qu'il y a un temps pour rigoler, mais aussi un temps pour être sérieux. Même si là les choses nous dépassent. Alors cela bougonne un peu partout dans le séjour.

Ensuite P'tit Pierre va dans la cuisine. Curieusement tout est calme et à sa place.

Il se sert un jus d'orange en se disant que ce n'est vraiment pas normal des objets qui s'animent tout seul.

Dans la salle à manger, le lampadaire, les ampoules, les livres et les coussins se sont calmés et ont repris leur immobilisme.

P'tit Pierre sort de la cuisine, ramasse son cartable et va dans sa chambre.

Cornegidouille *(sapristi)* ! Ici ça continue la rigolade !

La souris de l'ordinateur s'est détachée de son fil, a sauté sur le lit et court sur la couette alors que le fil, lui, solidement accroché au PC, se tend désespérément au maximum pour essayer de la rattraper.

— Viens donc ici ! lui crie le fil en tordant son cou.

— Non ! Je cherche un morceau de gruyère ! lui répond la petite bête en plastique.

Décidément, même dans les dessins animés il n'y en a pas autant des choses bizarres - ou abracadabrantes, encore une fois.

Mais le garçon doit faire ses devoirs et allumer son ordi juste pour… allez, cinq minutes pour jouer, histoire de le chauffer avant de travailler.

Alors comme pour son tee-shirt qui dansait sur le lit ce matin, il réédite son superbe plongeon digne d'un des plus grands gardiens de but de football du monde et de tous les temps pour attraper la souris.

Elle n'est pas contente du tout.

— Lâche-moi ! Mais lâche-moi ! crie-t-elle.

— Chacun à sa place ! conclut P'tit Pierre d'une voix autoritaire en la rebranchant au fil qui est tout fier de retrouver son utilité.

Nos grands-mères le disaient déjà : « Une place pour chaque chose et chaque chose à sa place.»

C'est bien joli de dire ça, mais si les choses bougent toutes seules, cela devient le monde à l'envers.

La souris s'étant calmée, P'tit Pierre peut allumer son PC.

Pendant qu'il se met en route, il déballe son cartable et empile consciencieusement les cahiers d'un côté, les livres de classe de l'autre côté et ouvre sa trousse.

Quand on range bien ses affaires, on les retrouve toujours plus facilement.

Son papa arrive à ce moment-là. Il entre dans la chambre après avoir frappé à la porte.

C'est la politesse, le savoir-vivre et le respect.

— Hello, bonhomme !

— Bonjour P'pa !

Ils s'embrassent. Normalement on embrasse toujours les personnes que l'on aime, non ?

On peut aussi dire bonjour et bonsoir aux plantes quand on en a. Oui, aux plantes ! Elles aiment qu'on leur parle et qu'on les caresse aussi. C'est vrai.

Bien s'en occuper se dit avoir la main verte ou le pouce vert. Elles poussent mieux.

— Tu rentres de bonne heure, toi ! constate son père.

— Oui, c'est l'école qui…

— Ha, oui ! C'est vrai, ta maitresse est souffrante… dit son père en lançant un œil circulaire dans la chambre, toujours émerveillé et fier de voir que son fils est ordonné et soigné.

— Mais non ! Ce n'est pas Miramzelle, c'est la…

— Bon, peu importe, enchaine son père, je suis dans l'atelier… j'ai un travail à finir. Et puis tu viendras m'aider pour vider le coffre de la voiture ?

— D'accord, P'pa ! répond l'enfant néanmoins perplexe car, saperlipopette, Miramzelle n'était pas malade !

Son papa est architecte dans les trains. Il a une petite barbe en collier, comme on dit, et des fois il rentre tôt parce qu'il fait des plans dans son atelier.

Il quitte la chambre.

P'tit Pierre commence alors son jeu préféré sur le PC – une course de camions géants sur les grandes routes américaines. Après il n'y a pas trop de devoirs et le coffre de la voiture à vider.

Ses parents ne veulent pas qu'il soit trop longtemps avec l'ordinateur. Ils ont raison, car c'est fatigant pour les yeux, ça énerve et on peut même avoir des malaises à force.

Mais tout à coup, l'image de l'écran sort de l'ordinateur et flotte au-dessus de sa tête.

— Elle est où mon image ? s'énerve-t-il parce que cela commence à bien faire, tout ça !

— Je suis là ! lui répond l'image.

Oui, l'image elle cause. C'est comme la prise de courant qui a des yeux.

P'tit Pierre lève la tête et il la voit qui fait des volutes très jolies et très lentes *(ondulations en spirales)*.

Il bondit, saute en l'air pour l'attraper, mais comment saisir une image qui vole ?

C'est comme vouloir prendre de sa main un rai de soleil qui traverse une pièce – du reste on y voit la poussière toute fine qui tourne dedans. On n'y arrive pas, car c'est insaisissable. Nos mains sont peut-être trop lourdes ou bien c'est l'image ou le rai de soleil qui est trop léger.

Quant à l'image justement, elle voit que la fenêtre de la chambre est ouverte et hop ! elle se sauve dehors.

Le garçon court à la fenêtre et voit l'image qui s'en va au loin

— Tu vas où l'image ? Pourquoi tu pars ? crie-t-il inquiet.

— Fais donc tes mathématiques, ta géographie et ta grammaire, P'tit Pierre, je reviens vite… Ne te tracasse pas, je reviens ! lui dit l'image d'une voix chantante, douce et joyeuse tout en s'éloignant peu à peu.

Il se gratte les cheveux, hausse les épaules d'impuissance puis retourne à son bureau.

Heureusement, il n'y a pas trop à faire ce soir comme devoirs. Cela devrait aller assez vite. Allez au boulot ! Nous, non ! On n'est pas là pour suivre les exercices de P'tit Pierre. De toute façon c'est beaucoup à recopier. Pour ce qui est d'apprendre par cœur comme les tables de multiplication, il a pris l'habitude de faire ça le soir avant de se coucher. Il s'en souvient mieux le lendemain. C'est sa méthode.

Durant tout ce temps, le garçon regarde très souvent la fenêtre ouverte pour surveiller si l'image revient. Ça l'inquiète quand même parce que sans elle il ne peut pas se servir de son PC. Et la course de camions, alors ?

Tant pis.

Ses devoirs convenablement finis, et l'image étant enfin revenue dans l'écran de l'ordi, il va rejoindre son père dans la cour pour l'aider à débarrasser le coffre. Waouh ! Y'a des glaces !

— C'est pour ce soir, P'pa ? demande-t-il en se passant la langue sur les lèvres.

— Cela se mérite, mon cow-boy, c'est comme pour le travail à l'école, répond son père en rigolant et en passant des sacs de victuailles au fiston.

***

Parce qu'un proverbe dit :
« Qui est oisif en sa jeunesse, peinera dans sa vieillesse »
Autrement dit, c'est en travaillant dans sa jeunesse que l'on se construit une vieillesse tranquille.

L'arbre énigmatique

Il y a un arbre qui s'appelle le palétuvier et qui avance tout seul. Oui, en quelque sorte il marche.

— Mais un arbre cela ne marche pas ? se serait étonné P'tit Pierre.

Et pourtant, celui-là, si !

Comme nous, chaque arbre est différent d'un autre. Il n'y en a pas deux absolument pareils. Qu'ils soient grands ou petits, d'ici ou d'ailleurs, côte à côte ou de même nom. Comme nous. On peut le constater aussi pour les légumes, les fruits, les herbes, les fleurs, les montagnes, les animaux, quels qu'ils soient, volants, terrestres ou marins, bref, pas deux pareils dans ce qui nous entoure. Comme nous. Même les frères jumeaux ou les sœurs jumelles, qui pourtant se ressemblent, ne sont pas rigoureusement identiques. Comme les arbres. C'est le grand secret de la vie et de la nature que l'Homme, se croyant toujours plus malin que les autres espèces vivantes, essaie de bafouer, défier, contrefaire en jouant l'apprenti sorcier avec le clonage. [14]

Un arbre, tout le monde le sait, sauf les pyromanes – ces incendiaires fous malades qui mettent le feu aux forêts - cela contribue à ce que l'on puisse respirer par les trous de nos « narinouilles » creusés dans le nez. [15]

Bien sûr nous avons besoin du bois pour se chauffer dans certaines régions, pour faire des maisons comme des chalets et des maisons écologiques, fabriquer des planchers, des escaliers, du papier, des meubles, des bateaux, des instruments de musique et beaucoup d'autres choses encore. Il suffit de regarder autour de soi. Tout ça, ce sont les arbres. Sans parler des fruits qu'ils nous offrent.

On est tellement habitué que l'on n'y prête même plus attention.

Mais ce n'est pas une raison pour couper les arbres sauvagement, inutilement devant chez soi ou dans son propre jardin et/ou détruire les forêts pour des raisons

---

[14] « Clonage » = Reproduction ou copie naturelle ou artificielle à l'identique d'un être vivant

[15] « Narinouilles » = Mélange des mots « narine » et « nouille ».
Narine pour le nez et nouille car une nouille c'est creux. Et puis le mot est rigolo. Mot inventé par l'auteur de ce livre.

industrielles (c'est la déforestation – l'une des causes principales du réchauffement de notre planète).

En plus nos pollutions en tous genres font mourir certains arbres comme les hêtres, par exemple.

Les forêts que l'on détruit ne sont pas « les poumons de notre planète » - c'est une métaphore[16] -, mais plutôt les réservoirs d'équilibre de la qualité de l'atmosphère de notre planète.

Les forêts n'ont pas de poumons, mais purifient l'air que nous respirons. Ne l'oublions pas !

Ce petit rappel écologique et environnemental ne peut pas faire de mal. En parler autour de soi n'est pas inutile non plus ni ridicule.

Donc il existe un arbre qui avance tout seul. Le palétuvier.

Parfois on l'appelle aussi « manglier ». Peu importe.

On le trouve dans les iles comme la Martinique et il vit près des plages. Vu d'ici, en métropole, on peut dire qu'il est tout le temps en vacances.

Ses racines ne sont pas dans la terre, mais sont dehors comme les pattes d'une araignée ou d'un crabe.

---

[16] « Métaphore » Mot ou expression à qui on donne un sens que l'on attribue généralement à un autre.

Ses racines s'entrelacent et forment comme un tronc. Il ne « ressemble pas » à un arbre, c'est un arbre. Un arbre, mais pas comme ceux que l'on voit d'habitude comme un pommier, un chêne ou un sapin, par exemple. Tous sont différents également.

Lui aussi est menacé de disparition par les constructions de l'Homme et c'est bien dommage, car il protège contre les colères de la mer avec ses grandes vagues (peut-être pas quand même contre les tsunamis comme il y a eu en Haïti ou au Japon).

Alors tout doucement, vraiment tout doucement, il avance avec ses racines aériennes comme s'il était sur des échasses – on dit qu'il est un rhizophore - et comme font les bergers dans les Landes (région de France) pour surveiller de haut et suivre les moutons.

En tout cas, il s'élève au-dessus des marées, facilitant ainsi la respiration de la végétation.

— Mais où va-t-il ? demanderait encore P'tit Pierre.

Il va…

D'abord, hormis le palétuvier qui est différent, il faut savoir qu'un arbre cela à des pieds et des jambes que l'on nomme des racines qui cherchent l'équilibre dans la terre. Sinon comment tiendrait-il debout face au vent ? Il tomberait. Comme nous sans nos pieds et nos jambes. Car s'ils sont dans le sable, on n'avance pas.

Donc il ne peut pas marcher alors que le palétuvier, lui, avec ses racines en pattes d'araignée, il peut avancer. Ce n'est pas plus compliqué que ça !

Ensuite le ventre c'est le tronc et le sang c'est la sève. Également, les arbres ont plein de bras qui sont les branches et leurs mains, car ils ont aussi des mains, ce sont les brindilles, longues comme des doigts. Comme nous sauf que ce n'est pas pareil.

Leur peau est très épaisse, c'est bien sûr l'écorce, et l'arbre saigne d'un liquide gluant et jaunâtre quand on le coupe. Ça lui fait mal et il est triste comme nous.

D'ailleurs c'est pareil pour les branches, il ne faut pas les casser ou les couper si cela n'est pas utile. Pourquoi y planter un couteau ou un clou pour de rien ? Comme nous aussi l'arbre souffre, mais en silence.

Si on te coupait la peau ou te cassait un bras, à toi ? Qu'est-ce que tu dirais ?

Bien sûr, ce n'est qu'un arbre qui est là pour nous faire de l'ombre, nous offrir des fruits et de l'oxygène, y accrocher telle ou telle chose, seulement il faut le respecter. Sans les arbres le paysage serait bien triste.

Un arbre cela chante, cela craque, cela parle, cela vit.

Il suffit de coller son oreille sur le tronc pour l'entendre. Écouter le feuillage aussi quand le vent souffle dedans. Enfin, un arbre cela a des cheveux et différentes coiffures. Ce sont les feuilles, le feuillage. Encore une fois, comme nous.

D'accord, d'accord ! Cela ne mange pas comme nous, ni ne fait du sport, ni ne part en vacances, ni ne regarde la télé, ni n'a de portable, ni d'ordi, ni Facebook, ni ceci ni cela…. C'est un arbre. Point. Il vit à sa manière.

— Mais il va où l'arbre qui marche ? T'as pas dit ! s'impatienterait P'tit Pierre.

Ha ! Oui ! C'est vrai ! Donc, le palétuvier il avance sur la plage tout doucement. Il va dans la mer. Lentement il trempe le bout de ses pieds (pardon… le bout de ses racines) et petit à petit s'enfonce dans l'eau.

Maintenant, là-bas, dans ces pays lointains, il y a plein d'arbres dans la mer ou l'océan.

Pour certains palétuviers, car il y en a des noirs, des gris, des roses, des blancs ou des rouges, cela dépend des endroits, c'est leur voyage d'aller dans l'eau.

Là, ce sont les poissons, les coquillages et plein d'autres petits animaux aquatiques qui sont contents, car ils peuvent s'y accrocher, jouer avec les feuilles (les cheveux ?) et puis cela leur fait de la compagnie et aussi à manger.

Dans la nature tout sert pour tous et tous servent pour tout.

N'empêche que c'est curieux de dire qu'un poisson mange un arbre, non ?

Enfin, les palétuviers ils s'y enfoncent tellement dans l'eau qu'ils finissent par disparaître au bout de beaucoup de temps. Des mois et des années.

Et d'autres derrière les suivent lentement.

Voilà.

***

Alors comme dit le proverbe…

— Non, non, non ! Attends ! Il n'y a pas de proverbe là, car elle est où la tête d'un arbre ? demanderait P'tit Pierre, toujours aussi curieux, ce qui n'est pas forcément un défaut.

***

Selon une légende de Tahiti, une ile de l'océan Pacifique, il paraitrait que la tête d'un arbre se trouverait dans la noix de coco.

Nous ici en France hexagonale, les cocotiers il n'y en a pratiquement pas et les noix de coco on les trouve sur les marchés, mais pas dans les arbres.

Et puis si la tête était le fruit, alors il y aurait combien de têtes dans un seul cerisier ?

Bon, on aime bien les Tahitiens et les Tahitiennes avec leur Heiva (grande fête) et leurs jolies guirlandes de fleurs et de fruits exotiques, mais la tête d'un feuillu c'est autre chose.

Dans beaucoup de dessins animés, on voit un arbre qui parle avec la tête dans le tronc.

En tout cas, il nous fait des clins d'yeux, des coucous. Oui ! Quand le soleil passe rapidement entre les feuilles. Même la nuit ça lui arrive. Oui ! Quand c'est un petit rai de lune qu'on aperçoit dans le feuillage. Là, c'est lorsqu'il rêve. Si, c'est vrai !

On peut quand même croire que la tête est bien dans le tronc, puisqu'on ne la voit pas. C'est bien différent de nous.

Dans le tronc on peut aussi savoir l'âge d'un arbre quand on le lui demande. Bien sûr, il ne peut pas répondre comme nous, mais…

Mais il suffit de compter le nombre de cercles qu'il y a sur la souche d'un arbre coupé par un bûcheron. C'est tout simple.

À ce sujet le plus vieil arbre aurait presque 10 000 ans et le plus haut mesure environ 115 mètres.

Aussi, en dehors de l'étrangeté du palétuvier, il y a une histoire vraie qui explique la force de la nature et notamment des arbres.

Lors de la construction de l'immense autoroute qui coupe la gigantesque forêt Amazonienne en Amérique du Sud, les travaux débutaient seulement sur quelques centaines de kilomètres que déjà les racines puissantes des arbres, et la végétation si dense et luxuriante, brisaient le début de la route construite, reprenant son droit de par sa force.

Il fallut abattre la forêt sur une plus grande largeur ce qui fut fortement néfaste à la planète, aux tribus existantes, aux animaux, à l'écosystème. La forêt Amazonienne est considérée comme l'un des éléments essentiels de la Terre. [17]

---

[17] «Écosystème» = Ensemble des êtres et organismes vivants et leur équilibre avec le milieu naturel et inversement.

Les forêts sont primordiales pour vivre. Tout comme l'eau, le soleil…

Aujourd'hui, l'autoroute est achevée, mais elle coûte très chère pour l'entretien et n'est plus si utile que cela.

Et l'Homme se croit ainsi vainqueur de cette destruction, seulement…

***

Comme dit le proverbe :

« La nature ne perd jamais ses droits. »

Autrement dit, la nature dont nous faisons partie est toujours plus forte que nous et sait récupérer ce qu'elle a créé.

Peu importe le temps qu'elle met et sous quelle forme.

ENFIN…

Les citrons

P'tit Pierre va chercher des citrons, car sa maman a oublié d'en acheter pour faire à manger. Ce sont des choses qui arrivent.

Dans la rue, il entend une voix qui l'interpelle :

— Tu vas où P'tit Pierre ?

Il regarde partout autour de lui, mais il n'y a personne.

— C'est moi, le trottoir !

— Encore ? s'étonne l'enfant en regardant à ses pieds.

— Pourquoi encore ? demande le trottoir.

— Ben, ce matin c'était l'école qui causait !

— Et alors, on n'a pas le droit de causer ? dit une autre voix.

— C'est qui l'autre ? interroge le garçon passablement agacé.

— Moi ? Je suis la bouche d'égout !

Le trottoir et la bouche d'égout rigolent.

— Ne t'inquiète pas P'tit Pierre, on ne te veut pas de mal… Juste causer un peu…

P'tit Pierre se met à quatre pattes et regarde dans le trou de la plaque d'égout.

— Pouah ! Ça pue ! Hou ! Hou ! Y'a quelqu'un là d'dans ? demande-t-il.

— Bien sûr, on est partout sous les rues ! Tu vas où ?

— Chercher des citrons…

P'tit Pierre se relève, se gratte la tête – d'autres se pinceraient pour s'assurer qu'ils ne rêvent pas – puis il repart sans rien dire.

Il arrive au passage piéton.

— Attention, P'tit Pierre ! Ne traverse pas tout de suite ! conseille une voix à nouveau.

— T'es qui toi ? T'es encore le trottoir ? demande-t-il en se penchant.

— Je suis le feu rouge !

— Le feu rouge ? Décidément tout l'monde parle dans cette rue !

— Cela ne te fait pas plaisir de nous entendre parler ? réagit le feu rouge gentiment.

— Si… enfin c'est bizarre… Et puis je ne vois jamais vos têtes ! dit P'tit Pierre en faisant la grimace.

— Mes yeux sont trois comme toi tu en as deux ! précise le feu.

— Tes yeux ce sont les lumières ? interroge l'enfant en le regardant.

— Oui ! J'ai un œil rouge, un œil orange et un œil vert…

— Mon copain Moumousse il dit toujours en arrivant à un carrefour quand on est en voiture : « Rouge, faut pas qu'tu bouges ! Orange, faut pas qu'ça t'dérange et vert, faut qu't'accélères ! ».

— C'est une façon de parler et de voir les choses sauf que si j'ai l'œil orange ouvert, il faut stopper son véhicule si on le peut ! Mais pour toi c'est de l'autre côté de la rue, le petit bonhomme vert ou rouge…

— Oui, je sais, même qu'il y en a qui disent de traverser ou pas pour les aveugles ! dit l'enfant.

— C'est vrai ! Pour les personnes malvoyantes et aussi les étourdis comme toi et ton copain. Alors tu vois que l'on cause ! Allez, mon garçon, tu peux traverser maintenant. J'ai l'œil rouge ouvert et là-bas le petit bonhomme est vert !

— Merci.

— Ce qui ne t'empêche pas quand même de bien regarder à gauche et à droite avant…

— Oui, je sais, merci…

C'est bien d'être poli. C'est un bon comportement dans la vie sociale.

Après avoir regardé le feu tricolore, intrigué, P'tit Pierre traverse et va chez l'épicier. Celui-ci le connait bien, car l'enfant y va souvent soit seul, soit avec sa mère ou son père.

Ce n'est pas parce qu'il y a de grandes surfaces avec des rayons géants où l'on trouve tout, qu'il faut oublier le petit épicier du coin, toujours sympathique et qui nous rend service. Même si c'est plus cher.

Et puis les petits commerces – on dit commerces de proximité - cela entretient une bonne vie de quartier.

Bon. P'tit Pierre achète ses citrons. Quatre exactement. L'épicier lui range bien la monnaie dans le portemonnaie et surtout lui offre quelques bonbons.

Il n'y a pas ce geste gentil dans les hypermarchés.

Vous voyez que c'est sympa un épicier qui nous connait.

Puis, sur le chemin du retour…

Sur le chemin du retour il entend une petite voix :

— Tu vas nous manger ?

P'tit Pierre s'arrête et regarde dans le sac en papier où il y a les citrons et les bonbons et il secoue le tout en disant :

— Vous aussi vous causez ?

— Arrête de nous secouer, s'il te plait ! Ça nous remue l'estomac !

— C'est qui ? Les citrons ou les bonbecs ?

— Les citrons… mais arrête ! Mon estomac il…

— Ça n'a pas d'estomac des citrons !

— Qu'est-ce que t'en sais ?

Il pioche dans le sac, prend un citron et le met devant son nez :

— D'abord, tu n'as même pas de tête et pas de bouche pour parler…

— On n'est pas pareil… répond le citron.

— Et ton estomac ?

— Dedans… Dans le ventre… Au fait tu vas nous manger ?

— Bien sûr ! Maman prépare du poisson…

— Beurk ! fait une autre voix dans le sac.

— Beurk ou pas, c'est comme ça et puis c'est bon le poisson !

— Beurk ! insiste l'autre.

— Ça suffit, toi ! rouspète l'enfant en secouant le sac. Puis s'adressant au citron qu'il tient dans la main :

— En tout cas, moi je n'ai jamais appris qu'un citron ça pouvait parler ni un feu rouge, ni un trottoir, ni un égout…

— Tout le monde parle, tu sais, lui répond le citron, même les nuages, même les pierres, le vent, l'eau, les étoiles, les meubles, les légumes, les fils électriques, tout le monde…

— Hum ! Si tu le dis… conclut P'tit Pierre pas franchement convaincu que cela soit bien normal.

Finalement, il lui fait un gros bisou sur sa peau jaune et va pour le remettre dans le sac quand le fruit lui dit :

— Attends, P'tit Pierre, ne me remets pas dans le sac ! On pourrait causer un peu… non ?

— Si tu veux… répond machinalement le garçon.

Et le citron lui raconte :

— D'abord je m'appelle Nimbü *(dire « Nimebou »)*. Il y a longtemps, très longtemps, des milliers d'années peut-être, notre ancêtre était le cédrat, un gros fruit ovale et jaune qui aujourd'hui encore peut mesurer jusqu'à 25 centimètres de long et peser 4 kilos.

— Ben, dis donc, t'es vieux ! l'interrompt P'tit Pierre.

— Pas moi ! Nous, les citrons, on ne vit qu'une saison ! Je te parle de notre ancêtre, notre arrière-arrière-arrière-grand-père, si tu veux. Tu comprends ?

— Oui, dit l'enfant attentif en ralentissant son pas.

— Mais en fait, on a aussi deux autres ancêtres qui sont le pamplemousse et la lime, un fruit plein de jus aussi avec plutôt la peau verte. Les trois se sont comme mélangés et ont donné naissance au citron que je suis.

— C'est pour ça que t'es jaune et plein de jus, alors ?

— Exactement. En fait, le citron comme moi vient des grandes montagnes de l'Himalaya. Tu sais où c'est ?

— Non.

— L'Himalaya ça veut dire « demeure des neiges » ou « le toit du monde » parce que ce sont les plus hautes du monde, et c'est en Asie.

— En quoi ?

En Asie. Tu as une carte du monde dans ta chambre ? se renseigne Nimbü le citron.

— Oui dans un livre…

— Je te montrerai… Et puis …

— Alors, P'tit Pierre, tu les a tes citrons ? interroge brusquement une voix.

— C'est qui ? demande Nimbü.

— C'est la bouche d'égout, mais ça pue ! répond l'enfant qui se trouve juste au-dessus de la plaque métallique.

— Tu n'as qu'à mettre ton pied dessus ! recommande le fruit.

— Tu as raison, dis le garçon en bouchant le trou avec son pied, tu me raconteras la suite plus tard, cher citron, il faut que je me dépêche maintenant.

Puis, remettant le citron dans le sac il ajoute en le remuant :

— Hé, les bonbecs, vous ne causez pas, vous ?

— Laisse-les, ils se sont endormis ! murmure Nimbü.

De retour à la maison, il remet le sac à sa mère qui le remercie pour la course. Elle le pose sur la table de la cuisine et aussitôt il met sa main sur le sac et dit d'un ton très sérieux :

— Maman ! Il ne faut pas couper les citrons !

— Mais qu'est-ce qu'il t'arrive, mon chéri ?

— Y vont avoir mal ! dit-il en faisant une grimace comme si c'était lui qui avait mal.

— Tu es devenu fou ? rigole sa maman, va donc ranger ta chambre, s'il te plait, pendant que je prépare à manger…

— Le marchand, il m'a donné des nounours *(les bonbecs)*…

— Ha, oui ! constate-t-elle en ouvrant le sac, tu lui as bien dit merci, j'espère ?

— Oui, M'man !

— Tiens ! Je t'en prends un… voyons voir… le vert, là…

— D'accord si tu me laisses les citrons deux minutes ! Je vais leur dessiner des yeux et une bouche…

— Tiens ! Prends-en deux… les autres j'en ai besoin pour la cuisine… Au moins tu as le sens des affaires ! Allez, file mon p'tit homme ! lui dit-elle avec gentillesse.

Dans sa chambre il n'y a pas grand-chose à ranger. Juste à ramasser les petites bagnoles, les jeux vidéo, deux malheureuses chaussettes qui trainent sur le lit, ouvrir la fenêtre pour aérer et donner à manger aux poissons rouges.

Il se dit qu'après tout c'est à lui de le faire, puisque c'est sa chambre. Est-ce qu'il va ranger celle de ses parents ? Non. Ben alors !

Cependant avant de ranger, il pose les deux citrons et les bonbecs sur sa table et demande :

— Hé, vous causez toujours ?

— Oui, dit l'un des fruits jaunes.

— Je savais que c'était toi, Nimbü, je t'ai reconnu en choisissant…

— Merci, P'tit Pierre.

— Et vous les bonbecs, vous parlez ou vous dormez encore ?

— Ils ne causent pas notre langue. Dis voir, P'tit Pierre, c'est quoi là-bas ? s'inquiète Nimbü

— Où ?

— Les trucs orange !

— Ce sont mes poissons rouges…

— Beurk ! fait l'autre fruit.

— Tiens ! Il est là, lui, avec ses beurk ?

— C'est eux que tu vas manger ce soir ? se renseigne Nimbü.

— Mais non ! Eux on ne les mange pas… Ce sont mes copains Bébert et Dédé !

— Beurk !

— Tu ne sais dire que ça, toi ? grogne le garçon en l'attrapant et en le secouant.

— Ouillouillouille ! s'écrie le citron apeuré.

— Ils causent même dans l'eau tes poissons ? demande Nimbü, se désintéressant de son camarade jaune.

— Oui, tu vas voir !

L'enfant va près de l'aquarium rond, prend la boite de granulés et en verse une petite pincée dans l'eau.

— Bloup, bloup, bloup, les gloutons ! dit-il.

— Tu ne peux pas t'exprimer de façon plus académique au lieu de vociférer des onomatopées poissonneuses ? formule l'un des poissons rouges apparemment un peu trop fier et pompeux.

— Bloup, bloup, bloup, Bébert ! T'as vu, Nimbü, Bébert fait des bulles quand il cause !

— C'est d'un goût ! fait remarquer Bébert.

— Beurk ! ne manque pas de faire le citron qui n'a pas de nom. Il doit peut-être s'appeler « Beurk » tout simplement.

P'têt qu'on n'sait pas p'têt !

Bref, les citrons et les poissons font connaissance aimablement. Ça les change d'être dans une assiette.

Ensuite, P'tit Pierre dessine au feutre des visages sur les citrons qui rigolent. Cela doit les chatouiller. Et Nimbü montre sur une carte du monde où se trouvent les plus hautes montagnes de l'Himalaya.

Il lui dit aussi :

— Nos ancêtres ont beaucoup voyagé et ce sont les Arabes qui nous ont apporté en Europe. Et puis il y a maintenant une grande fête, la plus grande du monde, la Fête du Citron, dans le sud de la France…

— Ha, bon ? s'intéresse P'tit Pierre.

— Oui ! Il y a des défilés et d'énormes décorations uniquement composées d'oranges et de citrons. Aussi, on peut y trouver toutes les variétés de fruits comme nous, car nous formons une grande famille que l'on appelle les Agrumes.

— Les agrumes ?

— Oui, ce sont tous les citrons, les pamplemousses, les oranges, plein d'autres fruits encore et c'est très joli.

P'tit Pierre reste songeur et émerveillé par tout ce que Nimbü lui apprend.

Il en sait des choses pour un citron !

Le sortant de ses pensées alors qu'il tient les deux citrons dans ses mains en mâchouillant un bonbec, une voix dit :

— P'tit Pierre, il ne faut pas oublier de ranger ta chambre ! rappelle Bébert.

— Beurk ! fait qui on sait.

***

Comme dit la citation de Zénon d'Elée (vieux philosophe grec) :

« La nature nous a donné deux oreilles et seulement une langue afin de pouvoir écouter davantage et parler moins ».

Cela se passe de commentaires.

La tuile – Partie 2/2

Corvi, le corbeau, pique droit vers la forêt. La tuile Tégula s'accroche de son mieux aux griffes de l'oiseau car le sol s'approche très vite. D'autres auraient fermé les yeux, mais Tégula est une téméraire.
Enfin, l'oiseau la dépose tout doucement dans l'herbe.
Le chat Miaou ne tarde pas à les rejoindre. Quelle course pour lui aussi !
Après quelques étreintes de joie, ils s'enfoncent tous les trois en rigolant sous les arbres pour la vraie aventure.
À l'orée de la forêt, les arbres se penchent pour saluer nos trois amis qui empruntent le sentier principal.
Les feuilles des arbres et les herbes parlent entre elles et la nouvelle de l'arrivée de la tuile fait rapidement le tour de la forêt. Même tout au bout on est vite au courant.
— C'est joli ici ! Ça sent bon ! dit la tuile émerveillée.
— Tu n'as pas tout vu ! miaule Miaou le chat qui a déjà repéré un petit moustique pour l'attraper.

— Mais il y a plein de feuilles mortes par terre, reprend Tégula la tuile, et j'ai du mal à marcher…

— Attends ! intervient le gentil corbeau, je vais les enlever !

Il ouvre ses grandes ailes noires, fait des battements très rapides et beaucoup de feuilles s'envolent et vont se déposer sur les bords du sentier. Le tapis de feuilles est moins épais.

— Merci Corvi… t'es vraiment sympa ! salue la tuile.

— On continue ? demande Miaou qui n'a pas réussi à attraper le moustique, car celui-ci vient de s'envoler par peur des pattes du chat. Et puis c'est drôlement difficile à prendre un moustique, même s'il est petit.

Ils reprennent leur promenade et il y a des glands qui tombent juste devant Tégula. Ça fait « Chloc ! Chloc ! » sur les feuilles mortes.

— C'est quoi ça ? J'ai failli en recevoir sur la tête ? s'inquiète Tégula.

Miaou s'approche, car il profitait d'être dans la forêt pour manger un peu d'herbe qu'il ne trouve pas ailleurs. C'est juste pour se purger le ventre. C'est un peu comme un médicament naturel pour les matous.

Il explique à la tuile que ce sont des noisettes qui tombent des arbres et que cela ne fait pas mal, car ce n'est pas lourd. Il fait rouler un gland entre ses pattes pour prouver que c'est léger.

— Hep ! Là-bas ! crie une petite voix dans les feuillages.

— C'est l'écureuil, dit le corbeau Corvi en levant le bec en l'air et en montrant à Tégula où se trouve l'animal.

— Viens vite chercher tes noisettes avant que quelqu'un ne te les chipe ! lui conseille Miaou en direction du rongeur.

L'écureuil ne se fait pas prier et de quelques bonds il descend rapidement de son arbre. Il saisit aussitôt les noisettes avec ses petites pattes tout en remuant de plaisir sa grosse queue toute rousse.

— Merci les amis… c'est vraiment gentil à vous ! les remercie l'écureuil de sa voix douce en serrant fort les fruits secs contre lui comme si c'était des lingots d'or.

Les fougères, les mousses, les grandes herbes, les petits bouts de bois comme les morceaux d'écorce par terre félicitent les quatre compères pour leur bonne humeur et leur gentillesse.

Les insectes et les mouchent se font des bises en virevoltant gaiement, alors que les fourmis font une farandole et se saluent à chaque fois qu'elles se croisent comme dans certaines danses folkloriques.

D'ailleurs, chacune d'elles porte sur le dos une minuscule brindille qu'elle agite comme un petit drapeau de fête.

Même la reine des fourmis est contente dans sa fourmilière. Elle réajuste sa couronne qu'elle avait de travers sur la tête et d'un geste généreux pardonne à ses ouvrières de s'être arrêtées de travailler un instant.

C'est vrai, parce que ce n'est pas marrant d'être une fourmi. Toujours travailler à pied, pas de voiture ni de brouette pour porter les épines et autres fardeaux, pas de week-end pour se reposer en regardant la télé, jouer au ballon ou aller au cinéma, ni de vacances pour s'amuser sur la plage ou manger des glaces.

Non. Elles travaillent tout le temps et on se demande si elles dorment.

Mais revenons à nos amis.

Ils marchent tranquillement tous les quatre et Tégula découvre plein de choses que lui apprennent ses copains. Il y a le nom des fleurs, des petits animaux, tout ce qu'elle ne peut pas savoir depuis son toit. Et elle n'a pas honte de demander c'est qui, c'est quoi ?

Car il est absurde de penser ou d'avoir honte d'apprendre et de demander parce que cela voudrait dire qu'auparavant on était ignorant.

Tous les jours on apprend quelque chose et on ne sait jamais ce que l'on va savoir le lendemain, même à 90 ans.

Tégula fait connaissance de certains oiseaux qu'elle entend parfois de loin. Ils sont tous sympas aussi.

Donner ici le nom ou le surnom de toutes et tous serait bien trop long.

À un moment elle demande à l'écureuil qui ne sait plus où mettre les noisettes qu'il trouve :

— Au fait, tu t'appelles comment?

— Mais c'est vrai, ça ! Dis donc, Miaou, tu aurais pu me présenter quand même ! dit le rongeur.

— Oh, pardon, j'ai oublié ! Il y a tellement à jouer ici ! s'excuse Miaou ronronnant pour se faire pardonner.

— Donc, enchaine l'écureuil en faisant une caresse au chat avec sa jolie queue, je m'appelle Tchaïkovski ![18]

— C'est compliqué comme nom ! s'étonne Tégula.

— Mes parents m'ont nommé ainsi parce que je casse des noisettes…

— Tous les écureuils cassent des noisettes ! fait remarquer Corvi.

---

[18] Tchaïkovski : Grand compositeur russe de musique classique (1840-1893) qui composa entre autres les ballets « Casse-noisette » et le plus connu « Le lac des cygnes ».Son prénom est Piotr Ilitch.

— Moi plus que les autres ! se vante Tchaïkovski en remuant sa belle queue rousse.

— Et puis, enchaine-t-il, j'ai aussi un frère qui s'appelle Cygne parce qu'il habite près du lac, là-bas ! essaie-t-il de montrer avec des gestes de la tête pour dire que c'est derrière les arbres qui les entourent.

— C'est le Cygne du lac, alors ? commente Tégula.

— Non, chère petite tuile, reprend Corvi qui assurément semble savoir beaucoup de choses, c'est le lac de Cygne !

— On y va au lac ? s'enthousiasme brusquement la tuile.

— C'est trop loin, enfin… trop loin pour toi, chère Tégula, dit Tchaïkovski, puis voyant qu'elle semble chagrinée et pour lui redonner le sourire :

— Allons voir Yum-Yum, elle est marrante avec sa p'tite famille !

— C'est qui ? demande Tégula à nouveau excitée.

— La belette. Tu verras, elle est super sympa, Yum-Yum !

Et tous les quatre, le corbeau, la tuile, le chat et l'écureuil s'enfoncent dans le bois pour rendre visite à la belette.

Elle loge dans un terrier et heureusement elle est là avec ses petits. Ils font rapidement les présentations.

Tégula apprend que les belettes mangent tout le temps parce qu'elles digèrent très vite. C'est pour ça qu'ici on la surnomme Yum-Yum, ça veut dire miam-miam (*en anglais*). À ce sujet, la jolie belette demande à la tuile :

— C'est quoi que vous mangez sur un toit ?

— Il n'y a rien, mais nous on n'a pas besoin de manger…

— Vous ne mangez jamais ?

— Non, nous sommes en terre cuite…

— Je ne pourrais pas vivre sur un toit, moi, mais on doit voir drôlement loin…

Brusquement, un grand coup de tonnerre résonne dans la forêt.

— Je crains qu'un orage arrive… Je vais vérifier ! croasse le corbeau en s'envolant à grandes ailes déployées.

— Il vaudrait mieux rentrer, car moi je n'aime pas l'eau ! recommande le chat en ayant un peu peur.

— Mais ce n'est pas grave, tente de rassurer l'écureuil, on est à l'abri ici sous les arbres !

— Justement, rétorque Miaou, il ne faut pas rester sous les arbres quand il y a de l'orage… c'est bien connu… sinon la foudre elle peut nous tomber dessus et nous réduire en petits tas de cendres !

Tchaïkovski lui dit qu'il vit dans les arbres depuis sa naissance et qu'il n'a jamais vu la foudre. Yum-Yum, la belette, tremble de partout. Elle n'aime pas les orages non plus.

Tégula ne sait plus quoi dire ni quoi faire. Elle, l'eau cela ne la dérange pas et puis elle aimerait bien continuer cette charmante promenade. Il y a tellement de choses à découvrir et d'amis à rencontrer.

Alors elle fait quelques pas… enfin des pas de tuile qui ressembleraient plus à des glissements.

Le tonnerre gronde à nouveau et il y a tout à coup un grand silence dans la forêt.

Puis le vent se lève, les feuilles apeurées se serrent les unes contre les autres, dévoilant le ciel, et des éclairs apparaissent à travers les branches.

— Il faut rentrer ! s'écrie Miaou en tournant sur lui-même.

— Tu peux attendre une minute ? lance Tégula inconsciente de l'orage, regarde, il y a de beaux champignons au pied de l'arbre !

— Non, non, non ! On ne touche pas aux champignons si on ne les connait pas ! On peut être malade ou mourir en mangeant les mauvais ! crie à nouveau Miaou.

Tégula n'écoute pas vraiment le chat et en levant la tête demande à l'arbre :

— T'es qui toi ? Moi je suis Tégula la tuile…

— Hello, mademoiselle Tégula ! Moi je suis Racine et lui à côté c'est Corneille…

— Ha, bon ?

— Et l'autre là-bas, continue l'arbre, c'est Molière. Il y a aussi Marivaux, Hugo, Cocteau, Feydeau…

— Je ne savais pas que chaque arbre avait un petit nom.

— Hé ! intervient l'écureuil, tu ne vas pas tous les citer, hein ? Tu as vu le temps ?

— Attends un peu, Tchaïkovski, rétorque aimablement l'arbre Racine, j'allais oublier Beckett, Brecht, Camus, Guitry et Ionesco tout au bout…

Mais l'arbre n'a pas le temps de terminer les présentations. [19]

C'est dommage, car il est si content de pouvoir parler à une gentille tuile, et on aurait pu connaitre les noms des arbustes et autres végétaux, mais Corvi le corbeau revient tout essoufflé et se pose près de ses amis.

— Vite, Tégula ! La pluie arrive ! Toi, Miaou, cours nous rejoindre dans le hangar, quelqu'un l'a ouvert !

---

[19] Tous ces noms sont ceux de grands auteurs de pièces de théâtre.

croasse le corbeau en saisissant la tuile entre ses pattes crochues.

Tégula a juste le temps de demander à l'écureuil avant de décoller :

— Dis-moi, c'est quoi le chemin là-bas ?

— C'est le petit chemin qui s'ennuie parce qu'il n'y a personne qui va le voir ! Je t'emmènerai un jour quand tu reviendras. Au revoir, Tégula !

— Au revoir à vous toutes et à vous tous… À très bientôt ! crie-t-elle alors qu'elle s'envole déjà et que le ciel tonne de plus en plus et que la pluie commence à tomber.

Dans la forêt on s'apprête à recevoir une bonne douche rafraîchissante et bienfaisante, puisque c'est la pluie qui aide tout le monde à grandir, à verdir et à s'épanouir.

De retour de la forêt, Miaou, Corvi et Tégula se retrouvent dans le hangar.

Tégula raconte alors aux autres tuiles empilées dans un coin et qui ne perdent pas une miette du récit :

— C'était merveilleux et quelle belle promenade ! Vous ne pouvez pas imaginer ! L'écureuil Tchaïkovski est super sympa et puis la belette elle a des enfants adorables et puis… et puis…

— Dis donc, cela donne vraiment envie d'y aller dans la forêt ! s'émerveille l'une des tuiles du hangar.

— Tégula ! les interrompt le corbeau, je vais voir ma famille et je reviens pour te reposer sur le toit !

— D'accord et merci encore ! répond la tuile

— Miaou ! miaule Miaou tout content.

Et ainsi s'achève la courte aventure de la tuile Tégula.

***

Comme dit le proverbe :

« Qui n'observe rien n'apprend rien ».

Autrement dit, il faut toujours s'intéresser à ce qui nous entoure avec sagesse pour agrandir nos connaissances.

La musique

Il y a sur la place de la mairie un vieux monsieur qui joue de l'accordéon.

C'est joli l'accordéon.

Il joue de vieilles chansons très agréables qui nous font penser à nos grands-parents qui devaient les chanter en dansant à leur époque. Ces chansons d'autrefois nos grands-parents nous les ont forcément fredonnées un jour et elles restent dans nos mémoires.

Il y a aussi des chansons d'aujourd'hui, mais ce n'est pas pareil comme avec une guitare.

L'accordéon c'est beau comme tous les instruments de musique et pour jouer dans la rue c'est plus pratique qu'un piano ou une batterie. On peut bouger comme avec une guitare par exemple.

Donc le vieux monsieur il joue en chantant et…

Mais admettons que l'accordéon ne soit pas l'instrument préféré de tout le monde, ni celui que l'on écoute le plus.

C'est vrai que c'est un peu vieillot… alors, recommençons avec une guitare et des airs plus modernes.

De toute manière cela ne change pas ce qui suit.

De ce fait…

Il y a sur la place de la mairie un vieux monsieur qui joue de la guitare.

C'est joli la guitare.

Il joue des chansons plus ou moins récentes que tout le monde connait sur lesquelles on chante et danse à la maison quand c'est la fête ou avec la télé.

Ces chansons on les fredonne forcément un jour et elles restent dans nos mémoires.

Il y a aussi des chansons d'autrefois, mais ce n'est pas pareil comme avec un accordéon.

La guitare c'est beau comme tous les instruments de musique et pour jouer dans la rue c'est plus pratique qu'un piano ou une batterie. On peut bouger comme avec un accordéon par exemple.

Donc le vieux monsieur il joue en chantant et…

Et les mélodies sont si belles et si gaies que les notes de musique ont envie de s'amuser encore plus. Mais il faut qu'elles respectent ce que joue le musicien, sinon c'est le bazar.

Parce que sans les notes il n'y a plus de musique et les sons font n'importe quoi.

Comme si les mots s'en allaient d'un livre ; il ne resterait que des pages blanches et les dessins ou les photos, s'il y en a. Seulement s'il n'y a plus de mots, ce n'est plus un livre, mais un album.

À chaque mot sa définition, son nom, sa famille, sa place.

Kif-kif bourricot pour la musique et pareil pour la télé ou l'ordinateur, car si l'image va se promener, on regarde quoi ? P'tit Pierre en sait quelque chose...

Bon, mais les notes de musique ont envie de s'amuser. Seulement pour l'instant le musicien il chante alors les notes elles font ce qu'elles ont à faire, c'est-à-dire la musique.

Puis le monsieur il arrête de chanter et il pose sa guitare. Et là, tout doucement, silencieusement, sans que personne ne s'en aperçoive, les notes sautent de l'instrument, rebondissent par terre en faisant les clowns et des galipettes.

Sur le trottoir, les notes se mettent à marcher les unes derrière les autres comme dans un défilé du 14 Juillet. C'est rigolo.

Il y a les notes, do ré mi fa sol la si, mais également quelques signes du solfège comme dièse, bémol, silence, croche et toujours en tête comme la majorette d'une parade, la belle clé de sol.

Bien sûr, si on ne connait pas l'écriture de la musique (que l'on appelle bien sûr le solfège), on ne peut pas savoir à quoi cela ressemble. [20]

Revenons à nos moutons… Euh… non ! À nos notes qui se promènent et font la fête.

Ce qui est étrange c'est qu'elles ne font pas de bruit. Personne n'entend les notes qui pourtant s'amusent par terre. Le musicien, lui, il est un peu plus loin à discuter avec des amis qui sont assis à la terrasse d'un café.

On pourrait penser qu'elles font un numéro de cirque devant des spectateurs, mais non, personne n'y prête attention. Elles s'amusent entre elles.

Et vas-y qu'elles jouent à saute-mouton sans le moindre son, tapent des mains et des pieds à l'unisson,

---

[20] « Solfège » : Ici cela serait long à expliquer. Ce sont les signes dessinés sur une portée qui servent à écrire la musique et au musicien ou à la musicienne pour lire et jouer. On peut jouer sans lire le solfège, mais c'est mieux de savoir.

s'accordent à quelques jolis pas de danse, toujours en silence, à faire des grimaces et autres pitreries, toujours sans un bruit.

Quand le vieux monsieur veut reprendre sa guitare, là, c'est la grande surprise. Lorsqu'il gratte sur les cordes, il n'y a aucun son qui en sort ou qui court vers les oreilles des passants, des personnes attablées et surtout du musicien. Aucun son puisque les notes font les imbéciles quelque part sur le trottoir.
On se croirait dans un film muet ou comme si on voyait une vidéo sans mettre le volume.

C'est le musicien qui est inquiet. Une guitare ou un accordéon ou un piano ou une batterie ou une flûte ou tout autre instrument sans note et sans son, cela ne sert plus à rien. Peut-être dans la vitrine d'un musée ou rangé dans un placard…
C'est comme si le musicien n'avait plus de mains.
Les instruments se jouent avec les mains essentiellement. On y ajoute la bouche pour souffler (une flûte, une trompette) ou les pieds pour taper (une batterie), mais les mains sont indispensables. Il suffit de regarder un orchestre, tous les joueurs d'instrument de musique se servent de leurs mains sauf un chanteur qui a les mains dans le dos ou gesticule.

Donc celui ou celle qui n'a pas de mains ou est malade des mains ne peut pas jouer d'instrument ou très difficilement. À l'inverse c'est pareil. Cela ne sert à rien si on possède l'un, mais pas l'autre.

Alors le vieux monsieur il est embêté, car il a ses mains et sa guitare, mais pas les notes. Elles font les zouaves par terre. Lui il les voit bien car il les connait. Mais comment faire pour les attraper ? Parce qu'une note cela ne s'attrape pas comme tout ce qui peut être tenu entre les doigts… Nenni non point !
Il regarde autour de lui et aperçoit une maman assise sur un banc avec un landau.

— Pardon, Madame, pourriez-vous garder ma guitare un instant, s'il vous plait ? Il faut que je retrouve mes notes !

— Bien sûr, Monsieur… répond la dame en posant l'instrument près d'elle.

— C'est très aimable, merci !

— C'est ennuyeux pour vous d'avoir perdu vos notes !

— Je vous l'accorde, si je puis dire, mais je vais les retrouver, ne vous inquiétez pas… rassure le musicien en faisant une petite risette au bébé qui babille dans le landau.

Ensuite, il se penche comme s'il voulait renouer un lacet de sa chaussure et le facteur qui passe par là, son vélo à la main, lui demande :

— Et bien, l'ami musicien, vous ne chantez plus ? J'ai arrêté de distribuer le courrier pour vous écouter…

— On aimait bien, nous aussi ! confirme un couple d'amoureux.

— Euh… c'est que… balbutie le guitariste, c'est que… mes notes sont tombées par terre…

— Ah, ah, ah ! rigolent les spectateurs croyant que l'artiste raconte une blague et que cela fait partie de son spectacle de rue.

— Mais non, dit-il en se relevant, regardez par terre !

— Ho ! s'exclament les personnes étonnées en voyant effectivement les notes et les signes de solfège sur le trottoir, au pied de l'artiste.

— S'il vous plait, aidez-moi à les ramasser !

— Il a raison, donnons-lui un coup de main ! lance l'amoureux.

— Flûte ! Mais comment fait-on pour ramasser des notes ? demande une grand-mère.

— Vite ! Voyons voir, réfléchit l'artiste… Oui ! Il faut dessiner par terre les lignes d'une portée …

— J'ai une craie dans mes sacoches ! s'écrie le facteur en brandissant un gros bâton de craie.

— Moi j'ai mon rouge à lèvres ! Ça ira ? propose à son tour une dame

— Parfait ! approuve le guitariste tout excité qui ajoute :

— Comme ça quand les notes arriveront et passeront dessus, elles seront prises au piège comme dans une toile d'araignée !

— Allons-y ! encourage le facteur en commençant à tracer une ligne au sol.

Tous s'y mettent pour dessiner les cinq lignes que comporte une portée. On pousse même quelques tables qui gênent un peu.

Une fois finie elle est très jolie cette portée de toutes les couleurs.

Les notes et les signes du solfège s'amusent tellement qu'elles ne font pas attention aux lignes. Elles ont le nez en l'air à regarder les vitrines et hop ! les voilà qu'elles sont une à une et un à un comme collés sur les lignes.

Ouf ! C'est un grand cri de joie et d'applaudissements qui s'élèvent sur le trottoir.

Même quelques autos qui passent un peu plus loin klaxonnent et aussi aux fenêtres des bras s'agitent.

— Do ré mi fa sol la si, voilà on vous a repris ! chantonneraient gaiement P'tit Pierre et son copain Moumousse en dansant autour, s'ils étaient là, bien sûr. Mais ils ne sont pas là.

Sinon il y aurait bien cet extrait de la comptine pour les enfants sur la marmotte :
« C'est l'hiver et sous la neige,
Elle a perdu son solfège.
Elle attend,
Pour retrouver sa musique,
Le retour un peu magique
Du printemps… » [21]
Mais là on est en été et il n'y a pas de marmotte.

Sans perdre une seconde, le musicien appelle la maman au landau :
— Madame, s'il vous plait, pourriez-vous m'apporter ma guitare pendant que je surveille mes notes ?
— Oui, bien sûr ! Dites, Grand-mère, demande la dame en s'adressant à la mamie, je peux vous confier mon bébé un instant ?
— Avec plaisir… cela me rappellera ma jeunesse ! répond-elle ravie.

---

[21] « La marmotte » ; comptine écrite et composée par Sophie Makhno (1935-2007). Femme au parcours étonnant. Voir Wikipédia et liens inhérents.

La maman court apporter la guitare et le vieux monsieur la pose délicatement sur la portée. De sa main magique d'artiste il remet les notes dans l'instrument.

On entend des « Cling ! Chlonk ! Pousse-toi d'là ! Chrrr, c'est ma place ! Zloing ! Houps ! Ouille ! Zlooofff ! Aïe ! Zzzziiiong !, enfin plein de sons bizarres pendant que les notes se remettent en place.

Et puis le musicien ajuste sa guitare autour du cou, accorde son instrument et youpi ! on entend à nouveau les do ré mi fa sol la si et tout le reste.

Une nouvelle clameur du petit public s'élève dans la rue. Il y a même un policier qui range son carnet de contraventions avec un grand sourire de soulagement, car il allait mettre une amende aux notes pour désordre sur la voie publique et atteinte grave à un artiste dans l'exercice de son art.

— Mais ça ne va pas, non ! Ça ne se met pas des PV à des notes ! On n'a jamais vu ça ! En tout cas, on ne le verra pas aujourd'hui ! râlerait un râleur anonyme.

Le vieux monsieur est maintenant prêt pour jouer et chanter à nouveau. Alors avant de commencer il s'adresse à ses spectateurs :

— Je tiens à vous remercier toutes et tous pour votre aide… sans quoi…

— Allez, musicien ! Chante à nouveau, cela vaut mieux que de longs discours ! lance le facteur en rigolant.

— C'est vrai, vous chantez si bien… le félicite la grand-mère gentiment.

— D'accord ! Vous êtes bien sympa, mais merci quand même !

Puis il se tourne vers la maman qui a rejoint son landau et la mamie :

— Pour vous remercier d'avoir gardé ma guitare, madame, je vais vous chanter une belle chanson rien que pour vous et votre bébé

— Merci… répond-elle d'une voix douce et émue.

— Et après, continue le guitariste, une pour chacun d'entre vous et pour les deux amoureux que je vois là-bas et qui m'ont aidé aussi !

— Y sont amoureux ! Y sont amoureux ! chanteraient bêtement les mousses et les fougères du petit chemin, mais ce n'est pas la même histoire.

Il ne faudrait quand même pas que les mots se trompent de place aussi ! On ne va plus rien comprendre, sinon !

Une petite fille qui tient sa maman par la main et qui a tout vu demande :

— Maman, c'est vrai que ça existe des notes de musique qui se promènent sur le trottoir ?

— Si tu y crois, oui !

***

Et toi qui lis ces lignes, tu y crois ?

Peu importe si les autres ne croient pas ce que tu crois, car comme dit un proverbe familial :

« *Un fou ne se croit pas fou. Celui qui dit qu'il est fou n'est-il pas fou lui-même ?* ».

Aussi, pour le musicien qui perd ses notes, il y a un autre proverbe :

« *Il ne faut jamais désespérer* ».

Autrement dit, il faut toujours croire que l'on arrivera à faire ce que l'on souhaite.

Mais surtout, il y a cette très belle citation de l'écrivain Victor Hugo :

« *La musique c'est du bruit qui pense* ».

Cela n'a pas besoin de commentaire, mais amène plutôt à méditer. (On peut mettre « son » ou « note » au lieu de « bruit »).

À table !

Mesdames les assiettes,
Mesdames les serviettes,
Il va falloir s'attabler,
Car c'est l'heure du souper !

Messieurs les couverts
Et messieurs les verres,
Il faut se dépêcher,
Car la famille va manger !

Dans la cuisine tout est prêt. Il reste juste le plateau apéritif à faire et ce sont P'tit Pierre et son papa qu'ils le préparent. Il faut faire vite, puisqu'il y a le voisin qui ne va pas tarder à arriver.

La table est bien plate
Sur ses quatre pattes
Et les chaises sont émues,
Car on va s'asseoir dessus.

Disons-le, « on », ce sont des culs !

La nappe bleue est fière
De montrer ses dentelles.
Elle a la couleur de la mer
Et aussi celle du ciel.

Dring ! Dring ! Cela sonne à la porte. Voilà le voisin. Il vient parce qu'il part en vacances demain matin et il apporte les clés de sa maison. C'est tout le temps comme ça. Les parents de P'tit Pierre font pareil. Ainsi quand l'un part, l'autre ouvre les volets tous les jours, arrose le jardin, ramasse le courrier, ce qui fait que la maison semble toujours habitée. Même le soir, des fois il y a un peu de lumière branchée sur un système qui programme l'heure pour allumer ou éteindre. Comme ça les voleurs ils croient qu'il y a quelqu'un dans la maison. C'est bien de s'entraider entre voisins. En plus ils deviennent bons amis.

Le voisin s'appelle Olivier. Olivier Deluile. Il a une petite barbichette et il mâchouille toujours des chewing-gums ronds et verts comme des olives. Des bubble-gums exactement. Sauf là parce qu'il y a l'apéro.

Il entre et tout le monde se salue amicalement. Il a apporté un joli bouquet de fleurs pour la maman qui est toute contente.

Juste un petit apéro,
Car il ne faut pas boire trop.
Les p'tits toasts sont rigolos,
Les chips aussi font la fête,
Tout comme les bonnes cacahuètes.

Les parents et Olivier parlent de plein de choses que le garçonnet ne comprend pas toujours, voire pas du tout.

P'tit Pierre s'ennuie un peu. Plus exactement, il est préoccupé. Il aimerait bien pouvoir raconter toutes les choses bizarres qui lui sont arrivées depuis ce matin, mais il a peur que personne ne le croie. Et puis il y a Olivier.

« Vaudrait mieux que j'en parle à mes parents tout à l'heure en mangeant quand on sera que tous les trois » se dit-il.

À ce moment-là de ses pensées, Olivier qui est à côté de l'enfant, se lève, va chercher un sac qu'il a apporté, lui tend un paquet et lui dit :

— Tiens, P'tit Pierre, c'est pour toi !

— C'est quoi ?

— Tu verras, c'est un dessin animé… j'espère que cela te plaira ! dit Olivier en souriant et en lui frottant gentiment les cheveux.

— Merci ! Hé, mes ch'veux, toi ! réagit P'tit Pierre en secouant la tête et en prenant la cassette.

Puis le père et Olivier vont chez le voisin pour voir ce qu'il y a à faire pendant son absence. Le voisin embrasse P'tit Pierre et sa maman.

Olivier ne peut pas rester pour manger, car il va dormir chez sa fiancée qui n'habite pas chez lui et ils partent très tôt demain matin pour éviter les embouteillages. Il a dit pendant l'apéritif qu'elle allait enfin venir habiter chez lui très bientôt.

— C'est super, s'était écrié P'tit Pierre en tapant des mains, elle est hyper gentille Amandine !

Amandine Pylé, c'est son nom. C'est dire si de beaux jours se préparent entre ces voisins !

Puis son papa revient seul.

Salade de poivrons,

Terrine de canard

Et des cornichons ;

Pas trop car on est le soir.

Miam-miam le poisson
Avec du riz et citrons.
« Beurk ! » dirait un citron fruit ;
(On sait de qui il s'agit).

Mais non, on dit « Bon appétit ! ».

P'tit Pierre, enfin, va pour parler des bizarreries à ses parents quand le téléphone retentit. La maman décroche. C'est papy Alphonse. Pas de chance parce que quand papy appelle cela dure longtemps. C'est surtout pour dire que grand-mère Émilie sort bientôt de l'hôpital – elle a des varices aux jambes (problèmes de veines) – et qu'ils sont invités tous les trois dès son retour.

Bref, ils discutent avec lui à tour de rôle et même que P'tit Pierre voudrait lui dire tout ce qu'il a à dire, papy comprendrait, lui, mais il hésite, est interrompu à chaque fois par une blague du grand-père et finalement ne dit rien.

On verra plus tard encore une fois. Il faut vite finir de manger, car après il y a le dessin animé d'Olivier.

La salade s'évertue
À être verte laitue.
Cher fromage, tant pis,
Car les ventres sont remplis.

Monsieur le dessert
C'est lui qu'on préfère.
Ouais ! Les glaces ! Youpi ! Youpi !
Avec plein de chantilly.

En plus, en même temps que la glace, ils regardent le dessin animé. En fait, c'est un film d'animation japonais. À regarder un film comme ça avec une glace, ça fait comme quand on est au cinéma avec un bâtonnet. Sauf que là ce sont des boules aux parfums différents dans une coupe avec, Mmm ! d'la Chantilly !
Faut faire attention de ne pas tacher le canapé, c'est tout.
Et puis ça fait digérer.

***

Comme dit le proverbe :
« *Il faut manger pour vivre et non pas vivre pour manger* ».
Autrement dit, il ne faut pas se laisser aller à la gloutonnerie.
Les plus grands-es comprendront, par extension, qu'il ne faut pas confondre avec « la fin justifie les moyens ».

L'herbe et la vache

Il y a une herbe qui pousse dans un pré.

Elle n'est pas toute seule étant donné qu'elle a une quantité innombrable de copines autour d'elle.

Toutes ensemble elles vivent tranquillement au gré des saisons, se connaissent bien, puisqu'elles sont soit sœurs, soit cousines ou nièces. En tout cas parentes, ça c'est sûr !

Elles aiment la rosée du petit matin qui perle sur leurs moustaches et qui les chatouille en roulant sur leurs ventres. Elles aiment faire des courbettes comme dans un joli ballet quand le vent vient les brosser.

Elles sont toutes vertes, à croire qu'elles viennent de la planète Mars.

Mais non ! C'est parce que les herbes, comme beaucoup de végétaux, ont une substance naturelle responsable de la coloration (pigment) que l'on appelle la chlorophylle et qui les rend vertes.

Les arbres, par exemple, c'est un autre pigment qui les rend marron ou plutôt caramel, etc. Comme nous pour notre peau.

C'est curieux et magique ce que la nature peut nous offrir comme couleurs différentes. Surtout avec les fleurs, certains poissons, les papillons et les oiseaux. Heureusement, parce que si tout était vert ou rouge cela serait bien triste.

Le brin d'herbe s'appelle Herberte. Ce n'est pas un prénom que l'on croise à chaque coin de rue, mais plutôt dans les prés. C'est comme ça.

Soudain, Herberte, donc, se redresse et tend l'oreille. Elle perçoit des bruits sourds qui résonnent dans le sol. C'est très sensible une herbe, cela ressent la moindre vibration.

— Attention, mes amies ! alerte l'herbe, il y a quelqu'un qui arrive !

— C'est qui ? demande une autre herbe.

— Sais pas ! répond Herberte.

Toutes en même temps lèvent la tête et ensemble se mettent à hurler de peur.

En effet, au bord du pré, il y a une vache qui secoue sa grosse tête pour chasser les mouches qui l'embêtent sur ses oreilles.

Avec appétit et en se léchant les babines, elle regarde les bonnes herbes, les trèfles et les petites fleurs blanches qu'elle va déguster.

De l'autre côté de la clôture qui les sépare, notre brin d'herbe, très courageux et parlant au nom de toutes, s'adresse à la vache qui reste immobile devant le pré en rêvassant à on ne sait quoi :

— Hé, la grosse bête ! Qu'est-ce que tu as l'intention de faire par ici ?

— D'abord je ne suis pas une grosse bête, mais une vache !

— C'est pareil, vu du sol ! l'interrompt Herberte.

— Et puis je vais vous manger parce que…

— Parce que rien du tout ! crie l'herbe d'un ton très autoritaire.

— J'ai vachement faim ! meugle la vache en tapant du pied par terre comme ferait un taureau avant d'attaquer un adversaire.

Tout le petit monde du pré se couche au sol pour se faire le plus minuscule possible, car si la vache entre dans le pré elle va les écraser, les manger (brouter) et les digérer. Pouah !

Seul le vaillant brin d'herbe reste droit en faisant face aux sept-cents kilos du bovin. Une herbe cela ne pèse que quelques grammes, à peine. C'est dire la différence et le courage d'Herberte.

— Tu vas nous laisser tranquilles, oui ?

— Non, il faut que je mange pour faire du lait, explique la vache.

— Tu n'as qu'à manger autre chose !

— Ce n'est pas bon l'autre chose… dit la vache en faisant la moue et en regardant autour d'elle bien embêtée, parce que « autre chose » elle ne sait pas ce que cela veut dire, ni ne sait ce que c'est.

— De toute façon, continue de dire l'herbe, on est trop petites et parmi nous il y a de mauvaises herbes qui se cachent exprès !

— Ce n'est pas sympa, les filles ! se plaint la vache.

— Pourquoi serions-nous sympas ? Si tu les broutes les mauvaises herbes, tu vas avoir mal au ventre et ton truc blanc…

— Le lait… lui précise le bovin.

— Oui, ben il va tourner et ne sera pas bon ! tranche Herberte bien campée sur ses racines.

— Il faut bien que je mange, non ? Et puis je ne suis qu'une jolie fleur dans une peau de vache… dit très gentiment le bovin en essayant de charmer l'herbe.

— Tu sais, s'excuse quand même le brin de végétal, on n'est pas de l'herbe rouge non plus, mais pour ton déjeuner sur l'herbe, ici c'est chez nous… on a peur de ta grande mâchoire… ailleurs l'herbe est plus verte…

— Oui, ben, herbe à chat, herbe à éléphant ou herbe à mille trous, pour moi c'est pareil ! J'ai grand faim dans mon estomac ! rouspète la vache.

(Dans ces 2 dialogues, il y a des allusions.
Voir « Nota » à la fin de cette histoire).

Sur cette discussion un peu houleuse, on entend soudainement la voix d'un homme :

— Pâquerette ! Pâquerette ! Qu'est-ce que tu fais là ? crie un fermier en brandissant son bâton de marche.

— Meuh ! fait la vache en regardant derrière elle parce qu'elle connait son nom.

— Tu n'as rien à faire vers ce pré et il n'est pas pour toi !

— Meuh ! beugle-t-elle à nouveau l'air pas content. On pourrait traduire par « Bouse de vache » ou « Diarrhée de crocodile ».

— Cela fait une heure que je te cherche… Ici c'est le pré de Monsieur le Maire ! la gronde l'homme en s'approchant. Le fermier s'appelle Jean-Pierre.

La vache Pâquerette se penche vers la petite herbe et lui dit avant de s'écarter de la clôture :

— Vous avez de la chance, sinon je me serais bien régalée à vous manger !

— On espère quand même qu'il ne va pas trop te disputer ni te frapper avec son bâton ! compatit malgré tout Herberte.

— J'ai la peau dure ! fait remarquer la meuh.

— Dis-moi, Pâquerette, euh… je peux t'appeler Pâquerette ?

— Bien sûr !

— Pourquoi tu ne t'appelles pas Marguerite comme beaucoup d'autres vaches ?

— Mystère et boule de gomme… répond Pâquerette, désarmée face à cette question.

— Allez, salut et sans rancune, Pâquerette ! lui répond simplement notre courageuse petite herbe en se courbant.

— Meuh !

C'est vrai, ce n'est pas parce que l'on n'est pas d'accord avec quelqu'un que l'on doit se fâcher avec ou lui souhaiter du mal.

Cela s'appelle la tolérance.

Alors Herbette et ses amies herbes sont heureuses de voir partir la vache tirée par le paysan.

Il faut constater aussi que la vache ne rit plus tout à fait comme sur les boites de fromage que l'on connait.

Finalement tout le pré est content et soulagé, puis toutes s'embrassent. Même la clôture est de la fête car…

***

Comme dit le proverbe :

« L'union fait la force. »

Autrement dit, à plusieurs en restant uni et en associant les forces on peut vaincre ou on est plus fort en groupe que tout seul.

Nota

Dans le conte quand l'herbe s'adresse à la vache, il y a des allusions. Elles sont soulignées dans le passage suivant, à savoir :

— *Il faut bien que je mange, non ? Et puis je ne suis qu'__une jolie fleur dans une peau de vache__... dit très gentiment le bovin en essayant de charmer l'herbe.*
— *Tu sais, s'excuse quand même le brin de végétal, on n'est pas de __l'herbe rouge__ non plus, mais pour ton __déjeuner sur l'herbe__, ici c'est chez nous... on a peur de ta grande mâchoire... __ailleurs l'herbe est plus verte__...*
— *Oui, ben, __herbe à chat__, __herbe à éléphant__ ou __herbe à mille trous__, pour moi c'est pareil ! J'ai grand faim dans mon estomac ! rouspète la vache.*

Voilà les explications :

- « Une jolie fleur dans une peau de vache » est une chanson de Georges Brassens écrite en 1954.

- « L'herbe rouge » est un roman écrit par Boris Vian en 1950.

- « Le déjeuner sur l'herbe » est le célèbre tableau du peintre Édouard Manet datant de 1862-1863

- « Ailleurs l'herbe est plus verte » est, entre autres choses, un film britannique réalisé par Stanley Donen en 1960.

- « Herbe à chat » est une herbe qui produit des effets exceptionnels sur les chats.

- « Herbe à éléphant » est une herbe de 3 à 4 mètres de haut où se cachent les éléphants en Asie.

- « Herbe à mille trous » c'est en fait une fleur jaune appelée « Millepertuis ». Il suffit de regarder ses feuilles perforées (trouées) à contre-jour pour comprendre son nom d'herbe aux mille trous.

Le rêve

P'tit Pierre a fini de manger et surtout fini sa glace dans le canapé en regardant le dessin animé japonais apporté par le voisin Olivier. C'était drôlement bien en plus !

Ensuite il va faire sa toilette.

« C'est curieux, pense-t-il, il n'y a rien de bizarre qui se passe pendant ma douche. Peut-être que les fantômes n'aiment pas l'eau ! »

Pourquoi a-t-il pensé à des fantômes ? On ne sait pas. De toute façon cela n'existe pas sauf à la télé ou dans les livres. Ouais ! C'est papa qui l'a dit et les papas savent tout !

Après sa toilette il met son pyjama avec des ours dessinés dessus et va dans sa chambre en laissant ses parents qui ont le nez dans des papiers. Des papiers qui font sortir les sous du porte :monnaie. Des factures que cela s'appelle.

Dans sa chambre, les deux citrons avec leurs têtes crayonnées semblent dormir, car ils ne causent plus même quand P'tit Pierre leur parle. Les poissons rouges ne tournent plus et se déplacent tout doucement au fond de l'aquarium.

L'enfant s'assied devant son ordinateur et puis bof ! Pas envie !

« Si ça se trouve dès que je vais l'allumer, l'image va s'envoler comme ce matin », se dit-il. Alors il ne l'allume pas. Il prend une bande dessinée et se met au lit.

Quand il ouvre sa B.D., surprise !

Tous les dessins et toutes les bulles sont mélangés comme si quelqu'un avait secoué l'album très nerveusement des deux mains. Donc plus rien n'est à sa place et tout se trouve dans tous les sens. C'est illisible, incompréhensible.

P'tit Pierre essaie de les replacer avec ses doigts, mais pas moyen ! Il tourne une page et c'est aussi le désordre.

— Mince et fiente d'autruche ! Ça recommence les trucs bizarres ! râle-t-il. Mais ce coup-ci il appelle son père car c'est trop. Vraiment trop !

Son père arrive aussitôt.

— Regarde P'pa, tout est mélangé dans la B.D. ! crie l'enfant en lui tendant l'album.

Son père prend le livre.

— Mais qu'est-ce qu'il y a ? demande son père.

Quand il tourne les pages, curieusement tout est redevenu normal…

P'tit Pierre n'en croit pas ses yeux.

Alors il craque. Il se met à pleurer. Il commence à expliquer tout ce qu'il lui est arrivé depuis ce matin, tout ce qu'il a vu de bizarre, mais il veut tout dire en même temps, parle des baskets, de l'école, des égouts qui causent comme aussi les citrons… de… du couloir sur le trottoir… également de… de…

Son père le regarde avec des yeux ronds d'étonnement et ne comprend rien au charabia de son fils qui sanglote.

Il pose sa main sur le front du gamin pour prendre sa température. Puis, le prenant dans ses bras, il lui dit gentiment d'essayer de dormir, que c'est le film qu'il vient de voir qui le perturbe, que demain ça ira mieux… Sinon maman appellera le docteur…

Et voilà ! Preuve en est encore que les parents n'écoutent pas assez les enfants !

En père rassurant il lui tapote l'épaule, lui fait une bise, pose la B.D. sur le bureau du garçon, lui souhaite bonne nuit, sort de la chambre en éteignant la lumière.
P'tit Pierre se retrouve tout seul dans le noir avec ses mystères. Il y a juste la lumière de la lune qui éclaire très légèrement.

Vu la journée tourmentée qu'il vient de vivre, P'tit Pierre a du mal à trouver le sommeil. Néanmoins, la fatigue étant plus forte il finit par s'endormir…
S'endormir si bien qu'il ne s'aperçoit même pas que les petits ours de son pyjama font les singes sur son ventre et en jouant à cache-cache sur les manches.
Lui, tranquillement, paisiblement, loin du monde de l'éveil, part dans un rêve où il y a son grand-père Alphonse qu'il aime beaucoup et la grand-mère Émilie qui habitent tous deux à la campagne.
Il dort, son rêve commence et les nounours du pyjama s'amusent.

DÉBUT DU RÊVE

D'abord...

Grand-père Alphonse déjeune dans la cuisine en trempant dans son bol de café des toasts beurrés et confiturés de bonne gelée de groseille.

Il regarde le temps qu'il fait par la fenêtre et il voit trois petits nuages blancs dans le ciel. Ils sont très bas et la brume matinale lèche les champs. Au fond de l'horizon, des nuages plus gris pointent le bout du nez, mais la pluie n'est pas pour tout de suite.

Il jette un œil sur la pendule toute neuve de la cuisine. Il est 07 h 38 exactement et les aiguilles sont l'une sur l'autre.

— Sacré nom d'une pipe ! s'exclame-t-il, je ne suis pas en avance ce matin !

La journée appartient à ceux qui se lèvent tôt, dit-on, alors il se dépêche de faire sa toilette, d'enfiler son jean et de mettre ses baskets.

C'est un grand-père moderne le papy Alphonse.

En sortant de chez lui, il constate qu'il y a des pommes qui sont tombées de l'arbre cette nuit.

Aussitôt, il imagine déjà la bonne tarte aux pommes que mamie Émilie va préparer plus tard, quand elle reviendra bientôt de l'hôpital.

Les grands-parents savent tout faire. C'est l'expérience de la vie, comme on dit.

— Hello, Alphonse ! l'appelle une voix.

— Salut mon gars ! répond le grand-père à son voisin Olivier qui est sur le toit de sa maison. Il remplace les tuiles et il en jette au sol. Elles se cassent et cela fait peur au chat qui se sauve sous l'échelle.

— T'as de la compagnie, on dirait ! dit le grand-père.

— De quoi ? demande le voisin en regardant en bas puis autour de lui.

Il y a un corbeau perché sur la cheminée.

Il l'aperçoit et tape deux tuiles l'une contre l'autre.

L'oiseau s'envole.

Ensuite…

Grand-père est dans le village et il croise des enfants qui vont à l'école. Ils ne prennent pas le même chemin que d'habitude, car l'école est en travaux et l'entrée principale est provisoirement déplacée dans la rue d'à côté. Les élèvent parlent de ce qu'ils ont fait la veille au soir. L'un qui a vu un dessin animé, une autre qui a vu un reportage sur un arbre qui marche sur des plages, un autre qui n'a rien compris du cours de géo d'hier sur les fleuves de France, bref, des trucs d'enfants.

Sur le trottoir, il y a un ouvrier qui a enlevé une plaque d'égout et l'a posé contre un feu rouge.
Il a mis un tréteau sur l'ouverture parce que cela peut être dangereux de mettre son pied dans le trou.

Alphonse traverse le petit village et va dans le bois d'à côté. Il emprunte un petit chemin tranquille qu'il connait et où il n'y a presque personne. Personne sauf quelques papillons, des escargots, mais surtout des champignons. Il connait bien les bons et les mauvais champignons.
Les grands-parents connaissent tout. L'expérience de la vie. On l'a déjà dit.

Pendant sa cueillette il rencontre deux promeneurs qui lui demandent des conseils sur les champignons. Gentiment le papy leur indique surtout ceux qu'il ne faut pas prendre. Aussi, de faire attention de ne pas écraser les escargots qui sont un peu partout.
— C'est meilleur dans l'assiette que sous le pied ! leur dit-il en rigolant.
En fait la promeneuse, elle préfère cueillir des fleurs comme les violettes par exemple.

Avant de partir, il leur recommande également de bien observer et admirer les beaux arbres qui existent dans ce bois. Il pose la main sur un arbre, car il a toujours l'habitude de tapoter le tronc des arbres comme s'ils étaient ses copains.

Tout d'un coup, il y a des grondements dans le ciel. Un orage se prépare, mais papy sait qu'il va passer à côté. Il y aura tout juste quelques gouttes.

Enfin...

De retour au village, il va chercher des citrons chez un épicier qu'il connait bien.

Avant de rentrer chez lui, il voit sur la place de la mairie un vieux monsieur qui joue de la guitare. Il le connait aussi, mais il le laisse tranquille, car apparemment il ramasse des partitions qui sont tombées de son sac à dos et discute avec une dame qui a un landau.

Arrivé chez lui, papy observe son pommier et ramasse les fruits tombés.

Puis il range pommes et citrons dans le frigo qui est plein de victuailles : Légumes, fruits, laitage, viande, charcuterie, boissons, etc. Un frigo, quoi !

Puis il commence à préparer son repas. Du poisson, mais pour le dessert, il hésite entre une pomme ou une glace.

Par la fenêtre il voit le paysan Jean-Pierre de la ferme au sortir du village qui passe avec une vache. Il lui dit en rigolant :

— Salut l'ami ! Tu vas à la mairie te marier avec ta vache ?

— Ah, ah, ah ! Salut, Alphonse ! Non, je la ramène... elle voulait brouter dans le pré du maire ! C'est vrai que l'herbe y est meilleure que celle de mon champ ! répond le fermier.

— Ha ! Les femmes !

— Ah, ah, ah ! rigole Jean-Pierre en s'en allant.

À ce moment-là, comme convenu, son voisin Olivier vient pour l'apéro et parce qu'il part en vacances le lendemain matin. Une histoire de clés, semble-t-il.

Après, papy commence à manger et c'est la grand-mère Émilie qui l'appelle au téléphone pour lui dire qu'elle apprend seulement maintenant qu'elle sortira de l'hôpital demain tantôt.

Youpi ! Alphonse est content et il appelle aussitôt les parents de P'tit Pierre pour leur annoncer la bonne nouvelle ! En plus il les invite à passer quelques jours ici avec le gamin.

Il finit son souper tout joyeux et regarde un truc à la télé, un dessin animé, mais il a plutôt hâte d'être demain pour aller chercher grand-mère.

Alors il va se coucher de bonne heure. D'ailleurs les grands-parents ils se couchent toujours de bonne heure. C'est l'âge de la sagesse, comme on dit.

En tout cas, papy Alphonse va bien dormir et faire de beaux rêves cette nuit...

FIN DU RÊVE

P'tit Pierre se réveille comme tous les matins.

Il bâille, il s'étire très fort, se frotte les yeux et fait un gros bisou à son nounours en peluche.

Il bâille à nouveau, car il faut le dire c'est fatigant de se réveiller.

— Et les rêves ça fatigue ? demanderait son nounours en peluche s'il causait.

Des fois oui s'ils sont trop intenses.

En tout cas, un rêve c'est curieux, car parfois cela n'a pas de sens ou c'est tout mélangé. Mais il arrive aussi qu'il soit sensé et logique. Toutefois, il ne faut pas confondre rêve et réalité.

Mais qui sait vraiment si de temps en temps un rêve n'est pas réalité ou l'inverse, si quelquefois la réalité n'est pas un rêve ?

Tout le monde rêve, car c'est le cerveau qui fait du ménage. Mais la journée aussi on fait du ménage ! Alors ?

Du reste on ignore si les papillons ou les escargots rêvent… Il faudrait leur demander !

Toujours est-il que P'tit Pierre n'a pas fait un cauchemar en rêvant de son grand-père. C'est déjà ça ! Mais est-ce qu'il va se souvenir de son rêve ? Seulement, il y a quelque chose qui cloche dans le rêve, justement, puisque Olivier ce n'est pas le voisin de son grand-père, mais celui de ses parents et de lui.

Étrange, non ?

Alors, est-ce qu'aujourd'hui tout va s'animer et causer comme hier ? Cela dépend peut-être de ce qu'il rêvera la prochaine nuit…

Mais ça, ce sont les mystères de P'tit Pierre !

****

Et finalement, comme disent deux citations, l'une de Albert Einstein :

« La plus belle chose que nous puissions éprouver, c'est le mystère des choses. »

Et la suivante de Ralph Waldo Emerson :

« Tout est mystère, et la clé d'un mystère est un autre mystère. »

FIN

Appendices

1 – Les personnages

(Entendus ou cités – Par ordre alphabétique)

NOM	C'EST QUI ?	HISTOIRE
Alfred	Le papillon	Le petit chemin
Alphonse	Le grand-père de P'tit Pierre	Le petit chemin À table ! Le rêve
Bébert et Dédé	Les poissons rouges	Les citrons
Beurk	Un citron	Les citrons À table !
Bolet	Le champignon	Le petit chemin
Corvi	Le corbeau	La tuile 1 et 2
Cumulus	La famille nuages	Les nuages
Diego	L'escargot	Le petit chemin
Émilie	La grand-mère de P'tit Pierre	À table ! Le rêve

Herberte	L'herbe	L'herbe et la vache
Jean-Pierre	Le paysan fermier	L'herbe et la vache Le rêve
Miaou	Le chat	La tuile 1 et 2
Midi et Minuit	Les aiguilles	La pendule
Miramzelle	La maitresse	L'école
Moumousse	Le copain de P'tit Pierre	L'école Le retour Les citrons La musique
Nimbü	Un citron	Les citrons
Olivier	Le voisin	À table Le rêve !
P'tit Pierre	Le héros	partout sauf dans La tuile partie 2
Pâquerette	La vache	L'herbe et la vache
Tchaïkovski	L'écureuil	La tuile partie 2
Tégula	La tuile	La tuile1 et 2
Violette	La violette	Le petit chemin
Yum-Yum	La belette	La tuile partie 2

Sans oublier (par ordre des contes) :

Les parents de P'tit Pierre

Les promeneurs dans LE PETIT CHEMIN
Les noms d'arbres et Cygne dans LA TUILE Partie 2
Amandine, la fiancée d'Olivier dans À TABLE !

2 – Heures et aiguilles

Pour plus d'explications concernant le conte « LA PENDULE », voici les instants précis de superposition des aiguilles, arrondis aux heures et minutes, car en fait c'est bien plus compliqué… mais ici ça ira.

Donc :

Point de départ : 00 h 00
1ère fois à 01 h 05 puis à 02 h 10 - 03 h 16 - 04 h 21 - 05 h 27 - 06 h 32 - 07 h 38 - 08 h 43 - 09 h 49 - 10 h 54 et 12 h 00

Puis, ce qui revient au même :

12ème fois à 13 h 05 puis à 14 h 10 - 15 h 16 - 16 h 21 - 17 h 27 - 18 h 32 - 19 h 38 - 20 h 43 - 21 h 49 - 22 h 54 et 24 h 00 ou 00 h 00, point de départ.

Si tu examines bien, tu verras qu'il n'y a pas le passage à 11 h et tant de minutes, comme il n'y a pas non plus 23 h et tant de minutes.

Cela passe de 10 à 12 et de 22 à 24.

Tu peux t'amuser à compter et tu constateras aussi que les aiguilles ne se croisent que 11 fois à des positions différentes, alors qu'il y a 12 heures de passées (un tour de la petite aiguille).

11 superpositions pour 12 heures et 22 pour 24 h ?

C'est le mystère de la superposition des aiguilles !

3 – Au secours ! Y a du caca !

Par ordre alphabétique
À noter qu'il n'y a aucun gros mot ni vulgarité

EXPRESSION	HISTOIRE
Bouse de vache	L'herbe et la vache
Coprolithe de mammouth	Les baskets
Crotte de gorille	La pendule
Crottin d'éléphant	Les nuages
Diarrhée de crocodile	L'herbe et la vache
Fiente d'autruche	Le rêve
Terricules de ver de terre	Les nuages

www.ingramcontent.com/pod-product-compliance
Lightning Source LLC
LaVergne TN
LVHW042108190726
843493LV00006B/1395